作業厨から始まる異世界転生

Sagyochu kara hajimaru isekai tensei

異世界転生 ③

~レベル上げ？ それなら三百年程やりました~

yu-ki

ゆーき

Illustration

OX

»»» CONTENTS «««

第一章　ドルトン工房《こうぼう》で武器強化！　007
第二章　いざ、謁見！　058
第三章　黒い魔物の襲来　096
第四章　作業厨、第一王子に頼られる　138
第五章　二人の王子の想い　193
第六章　王都に迫る怪しい陰　234
第七章　勇者たちの物語　256

主な登場人物

[ニナ]
Aランク冒険者の女性。
コミュ力が高く頼りになる。
[シュガー]
狼の魔物。ソルトの母親。
冷静で妖艶な雰囲気がある。
[レイン]
本作の主人公で、
ゲーム配信者界隈での
渾名は『作業厨』。
異世界に行っても作業(レベル上げ)を
淡々とこなすこと三百年、
気が付いたら最強に。
[ソルト]
狼の魔物。シュガーの子供。
元気いっぱいで明るい。

[ゼロス]
ムスタン王国の第二王子。
行動力があり、野心を持っている。
[エルメス]
ムスタン王国の第一王子。
正義感が強く、人望が厚い。
[シルビア]
ムスタン王国の魔法師団長。
冷静沈着。年齢のことを言うと怒る。

第一章　ドルトン工房《こうぼう》で武器強化！

俺——中山祐輔《なかやまゆうすけ》は、毎日毎日ゲームに没頭《ぼっとう》し、世界一の『作業厨《さぎょうちゅう》』と呼ばれていた。

だけどある日、心臓発作《しんぞうほっさ》でぽっくり逝《い》ってしまい、ティリオスという剣と魔法のファンタジーな世界に、レインという名で転生《てんせい》したんだ。しかも、半神《デミゴッド》とかいう寿命《じゅみょう》なしのチート種族でね。

最初の数百年はディーノス大森林《だいしんりん》っていう広大な森の中でずっと一人でレベル上げをしていたんだが……

シュガーとソルトという狼《おおかみ》の魔物《まもの》や、剣になったダンジョンマスターのダークに出会い、仲間ができた。

更には女性冒険者《じょせいぼうけんしゃ》のニナに出会ったことで、俺はずっと引きこもっていた森から出ることになり、ディーノス大森林の隣に位置する国——ムスタン王国《おうこく》の中心たる王都《おうと》にやってきたのだった。

王都では、ニナの家で世話になることになり、ニナの弟であるリックと仲良く（？）なったり、図書館に行ったりと、気ままにやりたいことをして楽しんでいた。

◇　◇　◇

「んじゃ、頑張《がんば》ってこいよ」

「いや、頑張るものではない気がするのだが……まぁ、頑張る」

朝食を食べ終え、出掛ける準備をした俺にリックが声をかける。

実は、王都の冒険者《ぼうけんしゃ》ギルドからニナ共々呼び出しをくらい、今日は朝から冒険者ギルドに行くことになっているのだ。

リックに挨拶《あいさつ》をしてから家を出て、冒険者ギルドまでの道を歩く。

冒険者ギルドに着いた俺たちは、受付へと足を運んだ。

「ギルドマスターと面会しに来ました」

ニナはそう言って、受付の人に冒険者カードを手渡した。

遅れて俺も冒険者カードを取り出すと、受付の女性に渡す。

そして二枚の冒険者カードを受け取った女性は、俺たちの冒険者カードと名簿《めいぼ》のようなものを数秒間見比べ、口を開いた。

「レインさんとニナさんですね……はい。確認が取れましたので、ご案内いたします」

受付の女性は丁寧《ていねい》な口調でそう言って、冒険者カードを俺たちに返してくれた。

そのあと、彼女はカウンターから出てくると、俺たちについてくるよう促《うなが》す。

そして、そのまま廊下《ろうか》の奥にある部屋の前に案内してくれた。

「ギルドマスター。レインさんとニナさんがいらっしゃいました」

受付の女性は、ドアをコンコンとノックし、俺たちが来たことを知らせる。

「ん？　ああ。わかった。入っていいよ」

するとと、ドアの向こう側から若い男性の声が聞こえてきた。

「それでは、お入りください」

受付の女性はそう言って頭を下げると、スッとドアの横にズレた。

開けて入れってことなのだろう。

「失礼します」

雰囲気に流されるまま、俺はドアを開けて中に入った。俺に続くようにしてニナも部屋の中に入る。

落ち着いた雰囲気が漂《ただよ》う室内。中央には低めのテーブルと、それを挟《はさ》んで対面するように置かれたソファがある。

そしてその奥には、執務机《しつむづくえ》の前に座り、書類にペンを走らせる一人の男性がいた。

髪《かみ》と瞳《ひとみ》は若草色《わかくさいろ》で、見た目は二十代前半。耳が少し尖《とが》っている。

実際に見るのは初めてだが、彼はエルフなのだろうか？

前世でやっていたゲームに出てきたエルフは、耳が尖っていて長命《ちょうめい》な種族《しゅぞく》だった。

俺を転生させた女神《めがみ》――フェリスは転生時に俺の頭に色々とこの世界の知識をぶっこんでくれた。

スキルについてやたら詳しいかと思えば、ディーノス大森林とその周辺の国のことは知らないなど、フェリスが選んだ知識の基準はよくわからんが……

その知識でもエルフは長命とあったので、彼がもしエルフならば、見た目よりずっと年上の可能性が高い。

「レインとニナだね。王都で冒険者活動をしているニナは知っているとは思うけど、一応自己紹介をさせてくれ。僕《ぼく》はシン。ムスタン王国の冒険者ギルドのギルドマスターをやっている、元Sランク冒険者だ」

その男性——シンは椅子から立ち上がると、気楽な口調で言葉を紡《つむ》いだ。

「それじゃ、ソファに座ってくれ。話をしよう」

そして、シンは続けてそう促す。

「わかった」

促されるまま、俺はソファに座ると、肩に乗せていたシュガーとソルトを膝《ひざ》の上に乗せた。

そのあと、ニナが俺の隣に座り、シンは俺たちに対面するように反対側のソファに座った。

準備が整ったところでシンが口を開く。

「色々と気軽に話したいところだけど、これだけは真面目に言うね」

シンの雰囲気が変わった。威厳《いげん》のある声だ。

何事かと思っていると、シンは突然——頭を下げた。

「メグジスを守ってくれて、ありがとうございます」

紡がれる感謝の言葉。その言葉には、強い想《おも》いがこもっていた。

メグジスはムスタン王国の領土内にある街で、邪龍《じゃりゅう》の加護《かご》を持った物騒《ぶっそう》な魔物《まもの》が大量に押し寄せてきたので、俺が撃退《げきたい》したのだ。

メグジスの冒険者ギルドマスターや領主《りょうしゅ》であるディンリードにもお礼を言われたけど、王都のギルドのギルドマスターにまで感謝されるとは思っていなかったな。

立場が上なのに、庶民《しょみん》の気持ちや生活を気にかけて頭を下げるなんて、こういう人が人を惹《ひ》き付《つ》けるんだなと、人の上に立ったことはないが思ってしまう。

「……よし。それじゃ、色々と話そうか。まず、君たちから見て、邪龍の加護を持った魔物を倒すには、最低でもどのくらいの強さじゃないといけないと思う？　冒険者ランクと人数で説明してくれるとありがたいな」

シンの雰囲気が元に戻り、ふとそんな問いを投げかけられた。

「俺はランク別の強さを把握《はあく》できていないから、はっきりとはわからないな。たぶん、Aランク冒険者なら、同時に四体相手にできるんじゃないか？　邪龍の加護を持った魔物は、何故《なぜ》かどいつもレベルが４４４になっていた。レベルだけ見るとかなり高いが、力に振り回されているようで、動きはだいぶお粗末《そまつ》だったからな。よろめきながら重い剣を振り回しているって言えば、わかりやすいかな？」

「そうね……Bランク冒険者なら、一対一でも安定して倒すことができるわね。パーティーなら、Cランクでもなんとかなるわ。ただ、これは真正面から戦った時の話。砦《とりで》とかに立てこもりながら戦えば、恐らくDランクパーティーでもギリギリ対処できるわ」

俺とニナはそれぞれ思ったことを口にする。

俺は説明が下手だから、こういう時にニナが上手いこと補足してくれるのは、結構ありがたいな。

「なるほどね～。ただ、それは裏を返せば、魔物たちが力の扱いにある程度慣れてしまったら、とんでもないことになるってことだよね。だからダルトン帝国《ていこく》は……」

シンは腕を組みながらそう言った。そして、即座にメモを取り始める。

ダルトン帝国は確か、俺がいた森の西側にある国で、ムスタン王国とは仲が悪いとニナが言っていたような……

「うん。危険だし、今後しばらくは王国内の森の調査依頼を増やそうか」

シンは、ザ・仕事ができる人って感じだな。

「……よし。じゃあ、次は君たちにいいものをあげるよ」

シンはもったいぶるようにそう言うと、執務机の横にある台座に置かれていた水晶《すいしょう》を二つ、テーブルの上に持ってきた。

「これは……スキル水晶《すいしょう》か？」

俺は二つの水晶をまじまじと見つめ、そう問いかけた。

スキル水晶――それは魔力を込めるだけで、特定のスキルを取得することができる魔道具《まどうぐ》のことだ。ただし、一回限りの使い捨て。

「そうだよ。色々あって、手に入れたものなんだ。どっちも有用なもので、こっちが《鑑定妨害《かんていぼうがい》》で、こっちが《魔力隠蔽《まりょくいんぺい》》だ。さ、二人で相談して選んでね」

シンに選べと言われたものの、実はもうどっちを取るかは決まってるんだよね。

何故なら、片方は既《すで》に魔法で再現できる目途《めど》が立っているからだ。

「ニナ。俺は《魔力隠蔽《まりょくいんぺい》》が欲しいんだが、ニナはどうだ？」

ニナの意見を無視するわけにもいかないので、俺はそう確認を取った。

「私はどっちでもいいから、レインがそっちにするんだったら、《鑑定妨害《かんていぼうがい》》にするわ」

ニナは即答すると、《鑑定妨害《かんていぼうがい》》のスキル水晶に手をかざした。

「ああ。ありがとな」

そんなニナに俺は礼を言うと、《魔力隠蔽《まりょくいんぺい》》のスキル水晶に手をかざした。そして、魔力を流し込む。


『スキル、《魔力隠蔽《まりょくいんぺい》》を取得しました』


「よし。取得できた」

これで魔力の感知能力が高い人にも悟《さと》られずに、魔法陣《まほうじん》を展開できるようになったはず……

まぁ、今取得したスキルはまだレベル1なので、適当な時にとりあえずレベルを10に上げておかないといけないけど。

「よしよし。では、最後に。実は、国王陛下《こくおうへいか》が君たちに会いたいとおっしゃっているんだよ。はいこれ、招待状《しょうたいじょう》」

シンは二枚の封筒《ふうとう》を中指と人差し指で挟《はさ》んで掲《かか》げ、俺とニナに一枚ずつ取るよう促した。

「国王か……まじかぁ……やだなぁ……」

シンの言葉に、俺は深くため息を吐《つ》く。心底嫌《いや》だ。

「流石《さすが》に国王様に会うのは気が重いわね。しかも、多くの貴族の前で謁見《えっけん》するらしいわ」

ニナが渡された手紙を見ながら言う。

「ま、まじかよ。これは拒否するしか……」

多くの王侯貴族《おうこうきぞく》に顔を見られるなんて、特大の厄介《やっかい》ごとに首を突っ込むことと同義《どうぎ》に思えてならない。

これはもう、恐《おそ》れ多《おお》いとか言って断るしかないな。

国王に人の心があれば、メグジスを救ったという恩のある相手に、何かを強要することはないだろう。

だが、現実は随分《ずいぶん》と非情なようで――

「実は、さっき君たちに渡したスキル水晶は、国王陛下からの贈《おく》り物《もの》なんだよ。報酬《ほうしゅう》でもご褒美《ほうび》でもなく、贈り物。つまり、君たちは国王陛下にちょっとした恩ができている状態なの。だから、その状態で国王陛下のお願いに応えないっていうのは、相当マズいんだよね」

「……やられたってわけか」

シンがわかりやすく説明してくれて、俺は思わず天を仰《あお》いだ。

贈り物――それも有用なスキル水晶という貴重な品を受け取り、更に使ってしまったとなれば、行かないほうが面倒なことになりかねないな……

「ごめんね。騙《だま》すようなことになっちゃって。まあ、僕も立場上、君たちにそれを断られちゃうのはマズいからさ。お詫《わ》びって程でもないけど、もし変な貴族に絡まれた時は、僕を頼っていいよ。僕が後ろ盾《だて》になって、君たちを守ってあげるから。君たちのような、優秀で人柄《ひとがら》も悪くない冒険者が権力で潰《つぶ》されるだなんて許せないからね。これでも僕は並の貴族よりも権力はあるから、貴族とも対等以上にやれるよ」

「なるほど……わかった。行くことにするよ」

長い目で見れば、王都の冒険者ギルドマスターを後ろ盾にできるのはかなりいいことだろう。

どっちにしろ行くしかなさそうだし、ここは頷《うなず》くのが最善手《さいぜんしゅ》だ。

ニナもちょっと嫌がっていたが、国王が暗君《あんくん》ではなく、むしろ明君《めいくん》であることも相まって、最終的には頷くのであった。

「それじゃ、またね」

「ああ」

そのあと、俺たちはシンに見送られて、部屋を出た。

「……は〜あ。とんでもねぇことになったなぁ……」

部屋を出た俺は、重い足取りで歩きながらそうぼやくと、深くため息を吐いた。

「仕方ないわよ。まあ、国王様も私たちにとって不都合なことはしないわよ。でも、私たちを利用しようと考える可能性は大いにあるかもね」

「勘弁《かんべん》してほしいよ。少なくとも、俺のやりたいことは邪魔しないでほしいのだが……」

逆に言えば、俺の邪魔をしないのなら、どう扱おうが気にしない。

王侯貴族の思惑《おもわく》をいちいち考えていたらキリがないからな。

むしろ、大金をくれるんだったら大抵の依頼は受けてもいい。金はいくらあっても困らないからな。

ただ、あくまでも俺たちの不都合にならない範囲なので、『仕《つか》えろ！』とか、そういう類《たぐ》いの手紙が来たら、即座に燃やして、お断りするつもりだ。

他にも、厄介ごとに首を突っ込む羽目になりそうな依頼はお断りだ。

もし俺の邪魔をしてくるようなやつがいたら、王族だろうが貴族だろうが、ウェルドの領主みたいになる……かもしれないな。

ウェルドの領主は俺を家臣《かしん》にしようとしつこく勧誘《かんゆう》してきた上、断ったら襲《おそ》ってきたから、人格を変えてやった。

まあ、あれは最終手段だから、余程腐《くさ》ったやつでない限りやらんけど。

「何かあったらギルドマスターを頼りましょ。冒険者ギルドは国から独立している組織だから、国も安易《あんい》に手を出せないのよ」

お、それはいいことを聞いた。

そうなると、より一層《いっそう》シンの言葉はありがたいな。

力で捻《ひね》り潰《つぶ》せることならまだしも、策略《さくりゃく》を練《ね》られたら面倒《めんどう》くさいし、鬱陶《うっとう》しいことこの上ないからな。

「で、日付は……明後日《あさって》か」

封筒《ふうとう》の中から手紙を取り出した俺は文をさっと読むと、そう呟《つぶや》いた。

「そうなのよね～。予定では、今日からダンジョンに行くことにしてたんだけど、転移系《てんいけい》の罠《わな》で変な場所に送られちゃって帰るのが遅れて、約束の日時に間に合わないなんてことになったらヤバいわね。ダンジョンは後回しにしましょ」

「だよな～」

ニナから聞いた、スキル水晶が宝箱から出てくるという王都のダンジョン。

すぐにでも行ってみたいって思ってたんだよな。

俺は自分のスキルで転移できるから、ニナに内緒でこっそり行く……というのも考えたが、多分俺だけで行ったら、時間を忘れて攻略《こうりゃく》に没頭《ぼっとう》してしまう気がする。

まあ、謁見が終わるまで我慢《がまん》すりゃいいだけだ。

謁見という名の地獄《じごく》を耐《た》え抜《ぬ》いたら、ご褒美のダンジョンに行けるんだ！

そうポジティブに捉《とら》えれば、この程度なんてことはない！

「じゃあ、今日はドルトン工房に行かないか？　依頼したいことがあるし」

ダンジョンの代わりに、俺はそんな提案をする。

ドルトン工房とは、ムスタン王国最高の鍛冶師《かじし》であるドルトンが経営している工房のことだ。

そして、そこにいるドルトンに依頼をするには、推薦《すいせん》コインというものを持っていないといけない。

しかし、俺たちはメグジス防衛戦《ぼうえいせん》の報酬として、前にディンリードから推薦コインもらっているため、依頼をすることができるんだよな。

「そうね。私もそろそろ短剣をかえたいと思っていたから、ちょうどいいわ」

そう言って、ニナは腰につけている二本の短剣をチラリと見せる。

ニナは魔法師《まほうし》だが、だからといって接近戦ができないわけではない。

というか、並の短剣使いよりも技量は上らしい。

ニナは長らくソロで活動していたため、魔法が効きにくい相手と戦う時や、魔力切《まりょくぎ》れになった時に必要だったのだろう。

「じゃ、早速行くか。ドルトン工房に」

「そうね。行きましょ」

俺たちは頷き合うと、冒険者ギルドの外に出た。

そして、ニナの案内でドルトン工房へと向かう。

三十分程歩いたところで、ニナは足を止めた。

「ここが、ドルトン工房よ」

そう言ってニナが指を指す場所にあったのは、レンガ造《づく》りの地味な建物だった。

出入り口のドアの上には『ドルトン工房　工房長所在《こうぼうちょうしょざい》』と書かれた看板《かんばん》が取り付けられている。

そして、ドアの両側には護衛《ごえい》らしきドワーフの男性が二人いた。がっしりとしていて、見た目は結構強そうに見える。

「じゃ、行ってみるか」

「そうね」

俺たちは頷き合い、片方のドワーフの男性に近づいた。

「む？　何用だ。ここは工房長の工房だ。推薦コインがないと入れない。工房長の弟子《でし》がいる工房は、ここの裏だぞ？」

男性は俺たちを見ると、野太い声でそう言った。

慣れた対応を見るに、推薦コインのことを知らずにここへ来る人は多そうだ。

「ああ。わかってる。これが、その推薦コインだ」

俺は《無限収納《インベントリ》》から推薦コインを取り出すと、その男性に見せた。

ニナも、ポーチから推薦コインを取り出し、同じく男性に見せる。

「ふむ……本物のようだな。すまない。入っていいぞ」

男性は俺たちが持つ推薦コインを確認して目を見開くとそう言って、ドアを開けて中に入るよう促した。

「わかった。じゃ、入るか」

俺は推薦コインを《無限収納《インベントリ》》にしまい、ドアを開けて中に入った。

キン、カン、キン、カン。

ドルトン工房の中に入ると、槌《つち》を打つ音が室内に響《ひび》き渡《わた》っていた。

槌を打つ振動《しんどう》で、そこら中に保管されている武器や防具がカタカタと揺れている。

音や振動が外に漏《も》れていないのは、壁《かべ》に《防音《ぼうおん》》の特殊効果《とくしゅこうか》が付与《ふよ》されているからだろう。

「これぞ鍛冶師の工房って感じだなぁ……」

ザ・鍛冶師の工房！　って感じの内装に、俺は内心興奮《こうふん》していた。

すると、奥から見覚えのあるドワーフが出てくる。

「お！　誰かと思えばレインとニナじゃねぇか。そういやあんたらに領主がコイン渡したらしいって、親方が言ってたな」

そう言って楽しそうに笑うこのドワーフの名前は、ムートン。

ムートンがギルドに出していた、メグジスから王都までの護衛依頼を、たまたま俺たちが引き受けて、顔見知りになった。

「ああ。また会ったな。てか、ムートンはここが仕事場なのか？」

偶然の出会いに驚《おどろ》きながら、俺はそう尋《たず》ねる。

「そうだ。俺はここの商業部《しょうぎょうぶ》の上から二番目の立場でな。親方の弟子が作った装備《そうび》を売るために遠方へ行くことが主な仕事なんだよ」

そう言って、ムートンは誇《ほこ》らしげに鼻を鳴《な》らす。

てか、上から二番目って何気に凄《すご》いな。

「そうなのか。それは凄いな。でさ、ドルトンさんは今、手が空《あ》いているのか？　依頼をしにきたんだが……」

忙しい時にドルトンに声をかけるのは申し訳ないと思った俺は、ムートンにそう問いかけた。

「今は特に依頼はないから大丈夫だ。槌は打ってるが、それは日々の鍛錬《たんれん》だから気にしなくていい。

遠慮《えんりょ》なく大声で話しかけてくれ。小さい声だと気づいてくれんからな」

そう言って笑うムートンの言葉に、俺は腕を組みながら心底納得した。

俺も、作業を始めると無意識に周囲からの音をシャットアウトする。

もしかしてドルトンは俺と同類なのか？　だとしたら、凄い気が合いそう。

「わかった。ありがとな」

俺は礼を言うと、ニナと共に案内板《あんないばん》を頼りに、ドルトンの部屋へ向かった。

「ここか」

ドルトンの部屋の前に立った俺は、そう呟く。

部屋にはドアがなく、外から中が丸見えだ。

そして、中にはただひたすらに槌を振る一人のドワーフがいる。

「そうみたいね。入りましょ」

ニナはそう言うと、遠慮なく中へ入った。

そして、俺もニナのあとに続いて、中に入る。

カン、カン、カン、カン。

案《あん》の定《じょう》、すぐ横に立っても、ドルトンは気づく素振りすら見せない。

作業している時の俺と同じだ。

「ドルトンさーん。気づいてくださーい」

試しに声をかけてみたのだが、全く気づいてくれない。

まあ、これはただ単に俺の声が小さいことが原因かもしれない。

てことで、ここは圧倒的コミュ力を持つニナに託《たく》すとしよう。

通りがかった人に道を尋ねるという、俺では何千年経《た》ってもできなさそうなことを、ニナは平気でやってのけるのだ。

そんなニナなら、ドルトンにも大声で声を掛けられるだろう。

俺は、ニナに期待の眼差《まなざ》しを向けた。

「そんな声じゃ気づいてくれないわよ。ここは私に任せて……ドルトンさーん！」

俺の視線に気づいたニナは、口元に手を当てると、大声でドルトンの名前を呼んだ。

間近で聞いていた俺が、咄嗟《とっさ》に《無音《サイレント》》を使ってしまうぐらいの大きさだ。

「ん？　おう。元気のある嬢《じょう》ちゃんだな。悪いがちょっと待っててくれ。キリのいいところで終わらせるから」

ドルトンはそう言うと、再び槌を振り始めた。

そのあと、三十分程経ったところでドルトンは槌を置くと、俺たちのほうを向いた。

「待たせて悪かったな。それじゃ、自己紹介といこう。俺の名前はドルトン。ここの工房長だ」

作業着を着た、黒髪黒目のビア樽体形《だるたいけい》のドワーフ、ドルトンは腕を組むと、野太《のぶと》い声でそう言った。

「俺の名前はレイン。Aランク冒険者だ」

「私の名前はニナ。私もAランク冒険者よ」

それに倣《なら》うようにして、俺とニナも自己紹介をする。

「レインとニナか。ああ、よろしくな……ん？　お前さんの肩に乗ってるちっこい狼《おおかみ》は従魔《じゅうま》か？　名前はなんていうんだ？」

すると、ドルトンは俺の両肩に乗っているシュガーとソルトに興味を示した。

「この子がシュガー、この子がソルトだ」

俺は二頭をそれぞれ撫《な》でると、軽くドルトンに紹介する。

「ほう。シュガーにソルトか。いいな、可愛《かわい》い。俺、こういう可愛い動物が好きなんだよな」

お、どうやらドルトンも、もふもふが好きなようだ。

気が合いそうな確率が、どんどん上昇していく～！

「よし。んじゃ、雑談はこれくらいにして、再度コインを見せてくれ。さっき見せたと思うが、ここでも確認しねぇといけねぇんだよ」

「わかった」

「ええ。ほら」

ドルトンの言葉に従《したが》い、俺たちは推薦コインを取り出して見せた。

「問題ねぇな。んじゃ、依頼を聞こうか」

それ本当に見ているのかって思う程、素早く確認を終えたドルトンが、早速本題に入った。

「ああ。えっと……どっちからにする？」

俺はニナを見ると、遠慮がちにそう問いかけた。

気持ちとしては真っ先に頼みたいのだが、ニナの意見を無視して先走るのは、ちょっと抵抗《ていこう》がある。

「私は別にどっちでもいいわ。レインの好きなようにしたら?」

「わかった」

ニナがそう言ってくれたので、ここはお言葉に甘えるとしよう。

「俺からの依頼は、この剣と銃《じゅう》の強度を上げることだ」

俺は鞘《さや》からダークを抜き、台の上に置いた。そのあと、《無限収納《インベントリ》》から魔導銃《まどうじゅう》を取り出して、ダークの隣に置く。

魔導銃は《付与《ふよ》》を使って、俺が作った最強の武器だ。

「む……とてつもない剣だ。どれどれ……」

ドルトンはダークを手に取ると、まじまじと見続ける。

「……アダマンタイトとオリハルコンの合金《ごうきん》か。並の国宝《こくほう》よりも素晴らしい一振りだ。俺が手を加えるとすれば、《鍛冶《かじ》》のスキルで素材そのものの強度を上げることぐらいだな。だが、これには強力な効果が複数付与されていて、手を加えたらそれらが全部消えちまう可能性が高い。弱い効果ならどうにかなるんだけどな……」

いい剣だとは思っていたが、まさか国宝級だとは思いもしなかった。

手を加えたら付与した効果が消える可能性が高いと言われたが、また付け直せばいいだけなので、問題はない。

「それに関しては大丈夫だ。その剣に効果を付与したのは俺だからな。また付け直せばいい」

「ん？　お前さん付与師《ふよし》なのか？　Aランクで？」

俺の言葉にドルトンは目を見開いて驚くと、そう言った。

非戦闘系《ひせんとうけい》の天職《てんしょく》ではBランク冒険者になるのが精一杯で、Aランク冒険者になれるのはほんの一《ひと》握《にぎ》りだとニナから聞いたことがある。なら、この驚きようも納得だ。

まあ、俺は付与師ではなくて錬金術師《れんきんじゅつし》なのだが、同じ非戦闘系の天職であることに変わりはない。

「いや、俺は付与師ではない。《付与《ふよ》》はスキル水晶で手に入れただけで、実際は錬金術師だ」

「結局、非戦闘系じゃねぇかよ……まあ、いいか。問題ねぇってことはわかった。で、こっちはなんだ？　奇妙な魔道具だな」

ドルトンはダークを置くと、今度は魔導銃を手に取った。ニナも興味深そうに魔導銃を見ている。

「……これはお前さんの自作か？」

「ああ。そうだ。試行錯誤《しこうさくご》を繰《く》り返《かえ》して、ようやく作ることができたものなんだ」

「なるほどな。お前さんは随分と腕の立つ錬金術師なんだな……」

ドルトンはそう言うと、魔導銃を置いた。

そして腕を組み、「むむむ……」と何か考え始める。

ややあって、ドルトンは俺を見据《みす》えると、おもむろに口を開いた。

「よし。ちょっと取引《とりひき》しねぇか？　お前さんの腕を借りてぇんだよ」

「俺の腕を借りたい？」

いきなり取引を持ち掛けられ、俺は思わず聞き返してしまった。

ドルトンが言葉を続ける。

「ああ。お前さんの《付与《ふよ》》と《錬金術《れんきんじゅつ》》はどっちも世界トップクラスだ。だから、お前さんに俺の補佐《ほさ》をしてもらいたいってわけよ。とりあえず今日と明日やってくれたら、この依頼料はタダにしてやる」

「なるほど。結構いい取引だな……」

世界最高クラスの鍛冶師であるドルトンに依頼をすると、最低でも金貨三枚は必要になるとニナが言っていた。

それをタダにしてくれるというのなら、とてつもない好条件だろう。

俺がやることは、二日間ドルトンを補佐するだけだ。

美味《おい》しい取引には裏がある……なんてこともなさそうなので、ここは応《おう》じるとしよう。

「わかった。その取引に応じるよ」

俺がそう言うと、ドルトンはニヤリと笑った。

「よし！　ありがとな。じゃあ、あとで手伝ってもらうぞ。さて、次は嬢ちゃんの依頼を聞くか」

ドルトンは上機嫌で礼を言うと、今度はニナに視線を向けた。

「私は短剣を二本作ってほしいわ。近接戦と魔物の素材採取《そざいさいしゅ》に使うつもりよ」

「わかった。じゃあ、先に短剣の形だけ決めておくか。ちょっと失礼するぜ」

ドルトンはそう言うと、ニナの手を取った。

そして、「むむむ……」と何か考えるように唸《うな》り、少ししてから手を離した。

「よし。形はわかった。あとは、待っててくれ。四日程で完成するから」

なんと、ドルトンはただニナの手を握《にぎ》っただけで、短剣の形を決めたのだ。

ニナは知っていたのか、驚く素振りは見せなかったが、俺は普通に驚いた。

「手を握っただけで形を決められるって凄ぇな」

「まあな。昔はサンプルを何十本か出して、一番しっくりきたって言われたものをベースに作ってた。でも長いことやってると、自分の感覚で作ったほうが、いいものが作れるようになるんだよ。まあ、簡単に言えば慣《な》れってことだ」

ドルトンはそう言うが、感覚というひどく曖昧《あいまい》なものを絶対的なものにするには、相当な特訓が必要なのだ。

そのことは、俺も身に染《し》みてわかっている。

「慣れでどうこうできるもんでもないと思うんだけどな」

俺がぼそりと呟くと、聞こえていたのかドルトンが笑った。

「まあ、そう細かいことは気にするな。それじゃ、早速お前さんは手伝ってくれ。嬢ちゃんはもう帰っていいぞ。ここにいても構わんが、見てても退屈するだけだぞ」

そんなドルトンの言葉を聞いて、ニナはちらりと俺のほうを見てから、口を開いた。

「あ〜……じゃあ、私は簡単な依頼でも受けて、終わったらのんびりするわ。それじゃ、レイン。頑張ってね」

ニナは軽く手を振ると、そのまま部屋を出て行った。

「シュガーとソルトはどうする？　ここにいても暇だと思うから、好きなところに行ってていいぞ」

俺が作業する光景をずっと見せ続けさせるのは忍《しの》びないと思った俺は、シュガーとソルトにそう言った。

『わかった！　じゃあ、王都を冒険してくる！』

ソルトは《念話《ねんわ》》を使って元気よくそう言うと、俺の肩から飛び下り、そのまま駆《か》け出《だ》して行った。初めましてのドルトンがいるから、空気を読んで《念話《ねんわ》》を使うなんて、よくできた子だ。

魔物が急に喋《しゃべ》ったらびっくりするからな。

『ちょっと！　慣れていない場所で遠くに行ったら迷子になりますよ！』

そしてシュガーは、はしゃぐソルトを追いかけて、部屋を出て行くのであった。

そういえばソルトって、はしゃぎすぎてディーノス大森林で迷子になったことが数回あるんだよね。

まだ俺の年齢が二桁《ふたけた》だった頃だ。懐《なつ》かしい。

「おう。みんな出てったか。それじゃ、まずお前さんの《錬金術《れんきんじゅつ》》を間近で見せてくれ。そこの鉄《てっ》鋼《こう》を自分の好きな形に変えてくれりゃあいい」

そう言うドルトンの視線の先にあるのは、台の隅《すみ》に載《の》っている小さな鉄鋼の塊《かたまり》だ。

「わかった。やってみるよ」

俺はこくりと頷くと、鉄鋼の塊を手に取った。

そして、《錬金術《れんきんじゅつ》》を使ってゆっくりと短剣の刃《やいば》に近づけていく。

昔はさっと形を作って、最後に整えていたが、今はこのようにゆっくりと引き延《ひの》ばすようにしながら、徐々《じょじょ》に完成系に近づける手法を取っている。

難易度《なんいど》は高いが、こうすると素材に魔力がよく浸透《しんとう》して、ちょっぴり丈夫《じょうぶ》になると王都の図書館で読んだ本に書いてあったのだ。

そして、形ができたら、最後にミクロ単位の調整を、《金属細工《きんぞくざいく》》を使って行う。

「……よし。こんなものかな」

三十分程かけて完成させた短剣の刃を台の上に置くと、俺はそう呟いた。

「ふむ……」

ドルトンは俺が作った短剣の刃を手に取り、「う〜む……」と唸りながら凝視《ぎょうし》する。

「……錬金術師としてなら、ほぼ完璧《かんぺき》な仕上がりだ。だが、鍛冶師として見ると、ちと粗《あら》いと言わざるを得《え》ないな。まあ、大まかな形作りと合金《ごうきん》の生成が、鍛冶における錬金術師の主な仕事だからな。あれだけ繊細《せんさい》な作業ができるってんなら、俺から言えることはなさそうだ」

ダメ出しをくらってしまったが、錬金術師としてやる分には問題ないようだ。

「それじゃ、お前さんにはさっきの嬢ちゃんの短剣に使う、ミスリル合金《ごうきん》を生成してもらおうか。ミスリル、魔鉄鋼《まてっこう》をベースに、タングステン、クロム、アダマンタイトを使ってくれ。比率は任せる。金属はそこの木箱の中に種類別で保管しているから、そこから取って使ってくれ。その間に、俺はお前さんの依頼をこなしてるからよ。あ、その前に《付与《ふよ》》を消しといてくれねぇか？　そっちのほうがやりやすいからな」

「ああ。わかった」

俺は頷くと、魔導銃とダークに付与していた効果を全て消した。

消し際《ぎわ》にダークが『どれほど強化されるか楽しみじゃのう。そうは思わんか？』と念話で聞いてきたので、『まあな』と答えておいた。

「さて。それじゃ、合金生成を頑張るか」

比率は任せると言われたが、これに関しては国立図書館で読んだ本に書かれていた、基本的な合金の比率を参考にするとしよう。

「ん〜と……まずはミスリルと魔鉄鋼だな」

俺はまず、ベースとなる金属を近くにあった木箱から取り出すと、定石《じょうせき》通り、ミスリルと魔鉄鋼を六対四の比率で混《ま》ぜた。偏《かたよ》りのないように、丁寧にゆっくりと混ぜる。

「……よし。次は……順番的にタングステンとクロムだな」

続いて、俺は木箱からタングステンとクロムを取り出すと、少しずつミスリル合金に混ぜていく。

ここら辺は《錬金術《れんきんじゅつ》》の手応えや、《鑑定《かんてい》》の結果を頼りに、さっきよりも更にじっくり、丁寧に混ぜる。

「……そろそろアダマンタイトを混ぜるか」

頃合いを見て、俺はアダマンタイトを混ぜ始めた。

アダマンタイトはとても重く、入れすぎると、強度は高いが重くて使いづらいものになってしまう。そのため、絶妙な調整が求められるのだ。

俺が使う用だったら、そこはあまり気にしなくていいのだが、これはニナが使う短剣になるので、ニナがちゃんと片手で振れるくらいの重さにしなくてはならない。

そうして、やり続けること三時間——

「……完成でいいだろう」

ついに、ミスリル合金を完成させることができた。

「ドルトンさん。合金の生成が終わったぞ」

俺はドルトンのほうを向くと、そう報告した。

だが、ドルトンはさっきと同様に槌を振るのに夢中で、気づいてくれなかった。

「邪魔をするのは気が進まないが、作業が終わったことを報告しないのはマズいよなぁ……」

しかし、このまま待っているわけにもいかないので、話しかけるとしよう。

ドルトンはさっきのように大きな声で叫ぶようにして呼ばないと、気づいてくれない。

「すう～……ドルトンさーん！　終わったぞー！」

俺は大きく息を吸うと、腹の底から大きな声を出した。

こんな感じで誰かを呼んだのは、記憶にある限りでは前世含め、初めてだ。

「ん？　終わったか。じゃ、ちょいと見せてもらうか」

俺の声は無事ドルトンに届き、ドルトンは槌を台の上に置くと、俺が作業していたところに移動した。

「こんな感じにできたんだが……合格か？」

錬金術師の本を読んでから初の合金生成だったこともあり、少し不安になりながらも、俺はドルトンにそう問いかけた。

ドルトンは合金を手に持ち、じっと見つめると――口を開く。

「いいなぁ。基礎を堅実《けんじつ》にやったのがよくわかる、実に模範的《もはんてき》な《錬金術《れんきんじゅつ》》だ。若いのに立派だなぁ……いや、お前さんは俺より年上だな。見た目がそれだとわかりづらいぜ」

褒められた……と思った矢先、何故か俺の秘密がバレた。

ん？　ドルトンにそのことを言った記憶はないのだが……

「なんで俺が年上だと？」

「そりゃあなぁ。あれほどの魔力操作を見せられたら、嫌でもそう思っちまうよ。俺ぐらいにならないとわからんと思うが、あれは長年の経験によるものだろ？　スキルとかじゃなくてさ」

「……まーな。これでも相当長く生きてきたからね。人間として暮らしている長命種ってことは内緒にしてくれ。面倒なことにはなりたくないんだ」

ドルトンは信用できそうだし、口も堅《かた》そうなので、これくらいならバレても問題ないだろう。

まあ、こういう言い方をすれば、大抵《たいてい》は正体がエルフであると勘違いする。

流石に半神であることは、バレたくないからな。

「うちの鍛冶技術の中には口外禁止のやつもある。それと同じく秘密にしておくぜ。今後もちょくちょく付き合う仲になりそうだからな」

そんな俺の内心などつゆ知らず、ドルトンはそう言って、がははと笑った。

真面目に頷かれるよりも、こんな感じで笑ってくれたほうが安心できる。

「じゃ、話を戻すか。とりあえず、こっちの銃は終わった。素材がアダマンタイト単体だったお陰ですぐに終わったのだが……お前さん。流石にこれは重すぎねぇか？　これを軽々と片手で持っていたお前さんに、俺は心底驚いたぜ」

「まあ、これでもAランク冒険者だからね。これくらいなら片手でも持てる」

相当な重量のアダマンタイトも、俺であれば容易《たやす》く持てる。でも、やっぱりこれって本当にファンタジーな重さしてるよね。

だって、魔導銃に使った分だけで百五十キログラムあるんだよ？

普通に密度がおかしいって。

「ほれ。仕上げに《付与《ふよ》》をしてくれ」

すると、ドルトンは魔導銃を両手で持って、俺に手渡してきた。

「わかった」

俺は魔導銃を受け取ると、それに手をかざす。

「《付与《ふよ》》。《耐久力上昇《たいきゅうりょくじょうしょう》》《物理攻撃耐性上昇《ぶつりこうげきたいせいじょうしょう》》《魔法攻撃耐性上昇《まほうこうげきたいせいじょうしょう》》《物理攻撃反射《ぶつりこうげきはんしゃ》》《魔法攻撃反射《まほうこうげきはんしゃ》》」

俺は展開された魔法陣に魔力を流して、魔導銃に五つの効果を付与した。

今回はちょっとした工夫をして、魔導銃を魔力で包み込むことをイメージした。

こうしたほうがいいって本に書いてあったんだよね。

いや～こうしてみると、人類が試行錯誤し、世代を重ねることで生まれる知恵《ちえ》は最高だね。

権威ある国立図書館にあった本ということもあって、内容の信憑性《しんぴょうせい》もかなり高い。

実際に今日、こうやっていくつも本に書かれていたことを試したが、どれもちゃんと成果が出ている。

「ほーう。見事だな。お前さんのその魔力操作が羨《うらや》ましい。なあ？　何かいい特訓法とかってねぇのか？」

ドルトンは感心するように、俺にそう問いかけてきた。

「特訓法ねぇ……」

俺の最大の武器の一つである魔力操作。

それの特訓法と言われても、正直な話、魔力操作を必要とする行動を何十年、何百年とやり続けたとしか言いようがない。

だが、あれだけ色んな特訓法を試していれば、どれが一番効率がいいかぐらいはわかる。

「発動寸前の魔法陣を長時間展開し続けることだな。最初は意識してやらないとできないと思うが、五十年ぐらいやってれば別のことをやりながらでもできるようになって、百年もすれば四六時中できるようになると思う。そこまで到達すれば、上出来だな」

発動寸前の魔法陣とはその名の通り、あとほんの少しでも魔力を込めれば発動する魔法陣のことだ。

ちなみに、この特訓法は魔法陣を使ってやるため、魔法が使えなくても、《錬金術《れんきんじゅつ》》や《鍛冶《かじ》》といった魔法陣を展開するスキルであれば、同様にやることができる。

何故これをすると上達しやすいのかについてなのだが、正直な話、俺にもよくわかっていない。

まあ、考える必要はないな。上達したのならそれでいいんだ。

「言いてぇことはなんとなくわかる。てか、百年とはまた長いなぁ。まあ、俺はまだ百四十七歳だからな。死ぬ前にはそこに到達できそうだ」

「ドルトンさんって百四十七歳なのか。思ったよりもずっと若いな。工房長をやっているって言ってたから、てっきり二百歳は超えているのかと思ってた」

平均寿命三百歳のドワーフで百四十七歳は、大体初老を過ぎたおじさんのような感じかな。

……あれ？　そう思うと途端《とたん》に若く見えなくなってきた。不思議だ。

「がははは！　若いってこの年で言われるとは思わなかったな。まあ、お前さんからしてみれば、ドワーフはみんな若造《わかぞう》だな」

俺の言葉に、ドルトンは大笑いしながらそう言う。

「だがな。若造でも凄ぇやつはいるんだぜ。現に俺がそうだ。なんてったって、九十三歳で神級《しんきゅう》鍛冶師《かじし》の称号《しょうごう》を取得したんだからな」

「神級!?　神の名がつく称号を!?」

自慢げな顔で語るドルトンの言葉に、流石の俺も声を上げて驚いてしまった。

神の名がつく称号は、取るのに長い年月がかかる。

俺の場合、レベル上げの神を取得するのに約二百年、神級魔法師《しんきゅうまほうし》を取得するのに約三百年、剣神《けんしん》を取得するのに約五百年かかった。

毎日寝る時と食べる時以外はそれにのめり込んでいたというのに。

それから考えても、いかにドルトンが凄いのかがわかるだろう。

「がははっ、流石に驚いたか。まあ、自分で言うのもなんだが、俺には鍛冶の才能があったんだよ。あっという間に街一番になり、そのまま街を出て、気がついたらこうなってたんだよ」

なるほど。才能か。まあ、生まれた時には既《すで》に人は平等じゃないって言うからね。

ティリオス《この世界》ではそれが天職、スキル、魔法という形で色濃く出ているけど。

「そういうお前さんも、神がつく称号を持っているような感じじゃねぇか。何を持ってるんだ？　神級錬金術師《しんきゅうれんきんじゅつし》か？　それとも神級付与師《しんきゅうふよし》か？　それとも両方か？」

「いや、剣神と神級魔法師……だけど」

頬《ほほ》を掻《か》きながらそう言った時のドルトンの驚きようには、内心引いた。

てか、何気にニナにも話していない秘密を言っちゃったな。

まあ、ここに引きこもっているドルトンなら誰かにポロッと言う機会もないだろう。

それに、万が一漏れたら、面倒なことになる前に上手いこと対処すればいいだけなのだから。

「……まさか剣神と神級魔法師だとは思わなかったぜ……」

やがて、落ち着きを取り戻したドルトンは、絞《しぼ》り出《だ》すような声でそう呟いた。

「《錬金術《れんきんじゅつ》》も《付与《ふよ》》もレベルを上げる作業を延々《えんえん》とやり続けただけで、知識や経験はそこまで豊富ではないんだ。神級魔法師として持っている高度な魔力操作が、あのレベルの《錬金術《れんきんじゅつ》》と《付与《ふよ》》を可能にしてるんだよ」

スキルレベルが10であることは隠しつつ、俺は《錬金術《れんきんじゅつ》》と《付与《ふよ》》が上手く使える理由をいい感じに説明する。

「確かに、神級の称号はスキルのレベルよりも、知識や経験が求められるからな。スキルレベルが高くても、ちゃんと使えなきゃ意味がねぇってことだ」

その言葉、俺にグサグサと刺《さ》さるな。まともにレベルを上げたものも多いが、RTA方式《ほうしき》で無理やりレベル上げしたものもあるからな……でもまあ、仕方ないんだよ。

レベル10が並ぶ中で、レベル10でないものがあったら、凄い気になっちゃうんだよ。

ちなみに、今は全てのスキル、魔法をレベルMAXにしようか検討している。

だが、そこまで一気に上げるのは流石の俺でもキツいということで、まずは有用なものを一つか二つレベルMAXにするつもりだ。

「で、え～と……随分話が逸《そ》れちまったな。じゃ、話を戻すか。俺はこれからお前さんの剣の鍛冶作業に入る。素材が素材だから、多分夜までかかる。それまで、お前さんはこの紙に書いてある六種類の合金を生成してくれ」

「ああ。わかった」

紙を受け取った俺は頷くと、魔導銃を《無限収納《インベントリ》》の中に入れた。

「よし。頑張るか～」

俺は気合を入れ、紙に書かれた組み合わせの合金を作り始めた。

◇　◇　◇

ドルトンさんの手伝いをするというレインと別れたあと、私――ニナはすぐに終わりそうな魔物の討伐依頼を受け、サクッと達成してきた。

今は、のんびりと商業区でデザートを食べている。

これは昔、勇者《ゆうしゃ》の一人が広めたアイスクリームというデザートで、冷たくて甘いのが特徴なの。

私はカップに入った丸いアイスクリームを小さな木のスプーンですくい、口にそっと入れる。

「ん～、美味《おい》しい」

冷たくて甘いのが癖《くせ》になる。いくらでも食べられそう。

だけど、あんまり食べすぎると太っちゃうから、一カップで我慢しないと。

「……レインはこれ食べたことなさそうね。今度デー……じゃなくて、散歩の時に紹介してあげようかしら？」

レインは前にフルーツサンドを美味しそうに食べていたから、同じ甘いもの繋《つな》がりで、これも気に入ってくれると思うな。

「……レインは今頃何してるのかな～」

ドルトンさんの手伝いをしていると知っているのに、無意識にそう言ってしまった。

「は～あ。今の、完全に恋に落ちた女子の言葉よね～」

私はレインのことを好きだと思っている。

けど、レインは私のことを一切意識してくれない。

でも、それは仕方のないこと。

だって、レインとは出会ってまだそれほど経っていないんだから。

レインのような長命種は、恋もゆっくりだと聞いたことがある。

だから、無理してレインを私のペースに巻き込んではいけない。

そう自分に言い聞かせてみたけど、レインの場合はゆったりとかの次元じゃない気がする。

なんと言うか……恋ってものを感じないってイメージかしら？

一緒に過ごしていて、そう思ってしまった。

まあ、女の勘《かん》ってやつだから、あてになるかは自分でもよくわからないけど。

ちなみに、さっさと告白アタック！　……をするつもりはない。

今やったら気まずくなるのはわかりきってるし、別にこの距離感でも悪くないから……

「……あ～、これ以上は考えない。これ以上は考えない……ぱくっ」

いつの間にか思考の波にのまれていた私は、頭をぶんぶんと振って考えをかき消すと、さっきよりも多めにアイスクリームをすくい、口に入れた。

……うん。美味しい。

「で、明後日は国王に謁見かぁ……やっぱり気が進まないなぁ」

国王に会うとか、考えただけで平民の私には胃が痛くなる。

そして、それと同時に仕官《しかん》の誘いがたくさん来るだろう。

前にAランク冒険者になった時にも来たから、ちょっと鬱陶しいと思うだけで、それは別に問題はない。

仕官を断わられたぐらいで怒るのは、自身の器《うつわ》が小さいと自ら言うようなものだから、大抵の貴族はやらないの。

だけど、レインは私とは違う。

レインはメグジスの戦いで私以上の戦果を出しながら、汗一つかいていない。つまり、あれでもまだ余裕があったということ。

そして、そのことは報告書を通じて国にも伝わっているはず。

冒険者ギルドが一度に五百万セル以上の報酬を支払う時は、それを払うに至った経緯を、その国のギルドマスターと宰相《さいしょう》に報告する決まりになっているから。

そして、レインほどの強さなら、国益《こくえき》になるという理由で、より多くの王侯貴族が引き込もうとしてもおかしくない。Sランク冒険者ほどではないかもだけど、相当しつこく勧誘が来そう。

貴族たちとしては、しつこい勧誘で国を出ていかれたら困るから、一応断り続ければ手を引くでしょうけど……

レイン、そこまで持つかなぁ。

既に、貴族――ウェルドの領主を脅迫した疑惑が出ちゃってるし。

流石にそれをここでやるのは止《と》めないと。

だけど、私に止められるかなぁ……？

王都でそんなことをやったら、レインといえども多分バレる。

そうなったら、レインは犯罪者となり、国から追われることになるだろう。

私はレインにそうなって欲しくない。

「……うん。念のため、レインはしつこい勧誘がとてつもなく嫌いだってことを、ギルドマスターに伝えて、国に言うようお願いしよっと」

効果があるかはわからないけど、言わないよりはマシだと思う。

「よし。そうと決まれば早速行こう」

国王の謁見に関することと言えば、優先的に会ってくれるはず。

そう思った私はアイスクリームをパクパクッと食べると、冒険者ギルドへと向かって歩き出した。

◇◇◇

「……よし！　お前さん。終わったぞ！」

しばらくの間、黙々《もくもく》と作業をしていると、突然近くからドルトンの大声が聞こえてきた。

「ん？　ああ。終わったのか？」

俺は手を止めると、ドルトンにそう問いかけた。

「ああ。無事、お前さんの剣を強化することができた。こいつにも、仕上げに《付与《ふよ》》をしてくれ」

「ああ。わかった」

俺はドルトンからダークを受け取ると、左手をかざした。

「《付与《ふよ》》。《耐久力上昇《たいきゅうりょくじょうしょう》》《物理攻撃耐性上昇《ぶつりこうげきたいせいじょうしょう》》《魔法攻撃耐性上昇《まほうこうげきたいせいじょうしょう》》《攻撃力上昇《こうげきりょくじょうしょう》》《耐汚染性《たいおせんせい》上昇《じょうしょう》》《魔力伝導性上昇《まりょくでんどうせいじょうしょう》》」

魔法陣を左手に展開すると、俺はさっきと同じようにして六つの効果をダークに付与する。

「……よし。完成だな。これで、その剣は上位の国宝級になった。いや〜、久々にオリハルコンをいじることができて、俺は満足だ」

ドルトンは満足そうに笑みを浮かべた。

オリハルコンは、何百年もかけて採掘《さいくつ》とダンジョン探索をした俺でも、五キログラムほどしか持っていない。だからこそ、俺はドルトンの喜びようがよくわかる。

「……ん？　そういえば、今は何時だ？」

食事もせずにぶっ通しで作業し続けたせいで、時間の感覚が少し狂《くる》ってしまった俺は、ドルトンにそう問いかけた。

「今は……夜の十一時三十分だな。思ってたより早く終わったな」

「あ、マジか。じゃあさっさと帰らないと」

ドルトンは早いと言うが、俺からしてみればこの時間に終わるのは遅いと思う。

ニナとリックが心配するだろうから、早急に帰るとしよう。

「わかった。じゃ、また明日！　八時ぐらいに来いよ！」

「ああ。またな」

俺は足早にドルトン工房を出ると、人目につかないところで《長距離転移《ロングワープ》》を使って、ニナとリックの家の前に転移した。

「ただいま～……」

家のドアを開け、控《ひか》えめな声でそう言う。

「……もう寝ちゃってるか。まあ、仕方ないか」

気配で既に二人が寝ていることを察知した俺はドアの鍵《かぎ》を閉めると、そのまま借りている部屋に転移した。

「よっと。あ、シュガー、ソルト。ただいま……まあ、もう寝てるか」

ベッドの上で身を寄せ合って寝ているシュガーとソルトを見て、俺はふっと息を吐く。

「じゃ、行くか。《世界門《ワールド・ゲート》》」

俺は《世界門《ワールド・ゲート》》を開くと、俺が創った神界《しんかい》に移動した。

俺が創った世界には、何故かティリオス《この世界》の管理をしている神――フェリスも自由に来ることができる。

神は通常、他の神が管理する世界――地球やティリオスなど――に来ることができない。

しかし、俺の創った世界は、世界を管理する神が住まう場所——神界と同じなのでフェリスも来ることができるらしい。

さらにここでは時間の流れ方を自由に設定できる。

「ふぅ。それじゃ、食べよっと」

神界に転移した俺は家に入ると、リビングの椅子に座った。

そして、テーブルの上に木製の皿を置き、その上にオークの焼肉を載せた。

「《念動《ねんどう》》、《次元斬《ディメンション・スラッシュ》》」

俺は、手を使わずに物を動かすことができる無属性魔法《むぞくせいまほう》、《念動《ねんどう》》でオークの焼肉を宙に浮かせ、次元を切り離す時空属性魔法《じくうぞくせいまほう》、《次元斬《ディメンション・スラッシュ》》で一口サイズに切り分けた。

そして、切り分けたオークの焼肉をそのまま《念動《ねんどう》》を使って口元に運んで、一切れずつ口に入れていく。

ラクに食べられて、魔法の練習にもなる。一石二鳥《いっせきにちょう》だ。

「変な食べ方をしていますね？　そんな食べ方をする人や神は、千人ぐらいしか見たことありませんよ」

すると、耳元で優しげな女性の声が聞こえた。

吐息が耳の中に微《わず》かに入り、くすぐったくなる。

俺が口をもぐもぐさせながら振り返ると、そこには呆れたような顔をしたフェリスがいた。

「意外といるな。千人って」

俺はゴクリと肉を飲み込むと、そうツッコミを入れる。

「多くの人や神を見てきた私にとっては、千人しかなんですよ」

「流石神様だな。それで、今日はどんな用事で？」

「用件って……暇だから来ただけですよ」

フェリスはまた呆れた顔をすると、そう言った。

「ああ。そういう感じか。でも、俺は会話があまり得意じゃないから、こっちから話を振ることはできないぞ？　あと、料理も下手だから、今俺が食べているような原始的な食事しか出せない」

「それ、言ってて虚《むな》しくなりません？」

「……ならないな。もう、それが俺みたいな感じだし、むしろ色々できるようになっちゃったら俺じゃないって感じがする」

コミュ力が高いとか、料理が得意とかは俺のガラではない。

戦闘やモノづくりのほうが性《しょう》に合っている。まあ、モノづくりは真面目にやり始めてまだ少ししか経ってないけどね。

「何開き直ってるんですか……まあ、いいです。その辺に関しては気にしていません。ほいっと」

フェリスはおもむろに右手を掲げた。すると、左手に丸盆《まるぼん》が出現した。

盆の上には、茶の入ったティーカップ二つと洋菓子二人分が載っている。

「おお。それって《収納《ボックス》》の類いじゃないよな？」

魔力の流れ方がかなり違うのを感じた俺は、思わずフェリスにそう問いかけた。

「《創造魔法《そうぞうまほう》》を使っただけですよ。世界を創造する要領で、これを創《つく》ったんです」

「なんかさらりと凄ぇこと言ってんな」

世界を創ることと、茶会セットを創ることが同じだって？

流石の俺でも耳を疑うよ。だけど、言ってる相手がフェリス《神》なので、信じるほかない。実際に目の前で見せられたしね。

ていうか、危うくスルーしかけたけど、《創造魔法《そうぞうまほう》》ってなんだ？

「あ、そういえばあなたはまだ《創造魔法《そうぞうまほう》》が使えないんでしたね。これは、基本の八属性《はちぞくせい》——火《ひ》、水《みず》、風《かぜ》、土《つち》、光《ひかり》、闇《やみ》、氷《こおり》、雷属性《かみなりぞくせい》の魔法全てを、しっかりと使いこなせるようになった者のみが習得できます。繊細な魔力操作と具体的なイメージ力が求められるので、慣れるまでは結構難しいんですよ？」

マジかよ。そんな凄ぇ魔法があるのか。

それなら今すぐにでも全属性をレベルＭＡＸにしないと！

「……とは思ったものの、流石にそれを今からやる気力はねぇな。レベル10からレベルＭＡＸにするのには千年ぐらいかかるし、こればっかりは気長にやるか」

一刻も早く使ってみたいと思う気持ちがあるが、急いで手に入れなければならないというわけではない。だったら、気が向いた時にやればいいだろう。

「うんうん。そうですね。あと、最近思ってたけど、あなたは生き急ぎすぎですよ。もっとゆっくりのんびりと生きてほしい」

フェリスは子を諭《さと》す母親のような声音《こわね》で、そんなことを言った。

なんだか包容力《ほうようりょく》がある。これが女神《めがみ》パワーってやつなのかな？

「……まあ、そうだな」

人間と会うことで一生の短さを思い出したせいで、知らず知らずの内に無理をしすぎていた気がする。

俺は既に世界最強なんだから、無理して急ぎ足で強くなる必要はない。

「さてと。のんびりお茶でもしましょう」

フェリスはテーブルの上にティーカップと洋菓子を置くと、丸盆を消し、椅子に座った。

「そうだな。メグジス防衛戦のようなことが今後も起こらないとは限らないし、念のため、強力で新しい魔法を創っておこうと思ったのだが……まあ、少しばかりこうしても、バチは当たらんな」

俺はフッと笑うと、ティーカップを手に取るのであった。

◇　◇　◇

「ん……朝か」

窓から差し込む朝日で目を覚ました俺は、目を擦《こす》りながら上半身を起こし、小さく息を吐いた。

昨晩は神界でフェリスととりとめもない話をしたり、新たな魔法をいくつか創ったりした。

コミュ障だと思っていたフェリスが思いのほか話し上手だったことは悔しかったなぁ。

魔法のほうは、まぁ時空属性がレベルＭＡＸになったお陰か、案外色々と創れた気がする。

「さてと……ん～……リビングに行くか」

ベッドから出て、体を伸ばした俺はシュガーとソルトを両肩に乗せ、リビングへ向かった。

するとリビングでは、既にリックとニナが朝食を食べているところだった。

「すまん。起きるの遅くて」

俺は二人に謝ると、そそくさと椅子に座った。

「昨日は夜遅くまでドルトンさんの手伝いをしてたんでしょ？　なら、仕方ないわ」

それに対し、ニナは寛大《かんだい》な心で許してくれた。

でも、起きるのが遅かったのは、昨晩フェリスと茶会をしていたことが原因だと思う。

長時間起きていれば、その分睡眠時間も長くとる必要があるからな。

七時間睡眠では足りないのだ。

「理由はわかったから、冷める前にさっさと食べろよ」

「ああ。わかった」

リックに急かされた俺は箸《はし》を手に取ると、米を口に入れるのであった。

「は～、食った食った。さて、今は何時かな？」

朝食を食べ終えた俺は、そんな言葉を口にした。

ドルトンと約束した時間は午前八時。

だが、今の時間を確認しようにも、ティリオス《この世界》では一般家庭に時計が普及していない。そのため、当然ここにもない。

こういう時計がない時に役立つのが、時空属性魔法、《時計《タイム》》だ。

これは昨晩フェリスと話したあと、俺が神界でちゃちゃっと作った魔法で、今何時なのかを正確に把握することができる。

神界のような、時間の流れが異なるところに行ったら、その分《時計《タイム》》の時間も変動するようになっているため、時間がズレる心配もない。

俺は、無詠唱《むえいしょう》で《時間《タイム》》を使った。すると、脳内に今の時間が浮かび上がって来る。

そんで、今の時間は……七時五十九分四十八秒。

「やっべ。早く行かないと！　すまん！　シュガーとソルトを頼んだよ」

俺は慌《あわ》てて席を立つと、飛び出すようにして家を出た。

そのあと、すぐさま《長距離転移《ロングワープ》》を使い、ドルトン工房近くの路地裏へと転移する。

「よっと。行くか」

路地裏から出て、ドルトン工房の前に立った。

ドアの両側には、相変わらず二人のドワーフがいる。そして本来は、その二人に推薦コインを見せないと入れないのだが……

「あなたですか。どうぞお入りください。工房長がお待ちです」

ドルトンが話を通してくれたのか、顔パスで中に入ることができた。ありがとな、ドルトン。

そうして工房に入った俺は、そのまま奥にあるドルトンの部屋へと向かう。

「ドルトンさん！　……て、早ぇな。おい」

部屋に入ると、既にドルトンが作業を開始していた。

「すぅ～……ドルトンさーん！」

この状態になったドルトンは、ちょっとやそっとじゃ反応してくれない。

俺は昨日のように腹の底から大声を出して、ドルトンの名前を呼んだ。

「ん？　おお！　来たか。お前さんの合金、早速使ってみたけど結構いいな。魔力がよく浸透《しんとう》していて、《鍛冶《かじ》》スキルが使いやすい」

俺の存在に気づいたドルトンは、そう言って嬉しそうに笑った。

「それならよかった。で、今日は何をすればいいんだ？」

嬉しそうな顔のドルトンを前に俺は小さく笑みを浮かべ、早速本題に入った。

「ああ。まずは、俺が今鍛《きた》えた合金を二本、短剣の刃に加工してくれ。調整は俺がやるから、大きさと形はそこまで細かくやらなくていい」

なるほど。まずは大まかな形作りってわけか。

「わかった。やってみるよ」

ドルトンの《鍛冶《かじ》》スキルによって鍛えられたミスリル合金の塊二つの内、片方を手に取り、《錬金術《れんきんじゅつ》》を使った。するとゆっくり確実に、短剣の刃の形になっていく。

そして、十五分程で一本目が完成した。

「よし。こんなところかな？」

我ながらいい出来だと思うが、ドルトンの判定は如何《いか》に……？

「ふむ……もう少しだけ短くしてくれ。あと一センチ程」

流石に一発合格とはいかなかった。まあ、長さの調整なら問題ない。

俺は再び《錬金術《れんきんじゅつ》》を使うと、刀身を一センチ短くした。

そのあと、同じようにしてもう一本の短剣の刃を作る。

「よし。ありがとな。それじゃ、しばらくは昨日と同じように合金を作っててくれ。ストックは多いに越したことはないからな。で、頃合いを見て《付与《ふよ》》もしてもらうつもりだ。それじゃ、頼んだぞ」

「ああ。任せろ」

こうして、ドルトンの手伝い二日目がスタートするのであった。

◇　◇　◇

王都近くの森を歩く、二人の男がいる。

一人は剣を腰にさし、もう一人は杖《つえ》を持っている。

この二人は魔物の討伐依頼を受けた冒険者――というわけではない。

「おい。確かここら辺だよな？」

おもむろに、杖を持った魔法師の男がそう問いかける。

「そうだな。ここら辺にするか。《収納《ボックス》》」

剣士の男は頷くと、《収納《ボックス》》から十個の黒い石を取り出した。

そして、それらを見つからないように、まとめて草むらの中へ隠す。

「頼んだ」

「ああ。《結界《けっかい》》」

魔法師の男が使った《結界《けっかい》》は、黒い石を覆《おお》うようにして展開された。

しかも、結界には《魔力隠蔽《まりょくいんぺい》》が使われている。

そのため、余程近づくか、魔力感知に長《た》けた人でないと、この黒い石に気づくことはできないだろう。

「外部からの刺激がなければ、結界は二日はもつ。念のため、魔物避《まものよ》けの香《こう》を焚《た》いておくか」

魔法師の男は革袋に入れていた香を取り出し、草むらに置くと、火をつけた。

「これでよし。俺たちの班《はん》はあともう一か所やれば終わりだよな？」

「そうだな。さっさと終わらせて、国に帰るぞ」

そして二人は頷き合うと、次の場所へと向かって歩き出すのであった。

◇　◇　◇

「よし。今日はこれくらいにしとくか。というわけで依頼は終了だ。二日間、ありがとな」

夜十一時を過ぎたところで、ドルトンが俺に声をかけ、ようやく作業が終わった。

この仕事って、実は結構ブラックだよな。俺の好きなことだったからあまりブラックだと思わなかったけど、もしこれがよくある普通の仕事だったら、初日で嫌になっていたと思う。

でもまあ、ブラック度合いで言ったら、命を懸《か》ける冒険者のほうが上か。

「こっちこそ、色々と学ばせてもらったよ。ありがとな」

俺はドルトンに笑いかける。

世界最高クラスの鍛冶師、ドルトンのもとで作業したのは結構有意義だった。

本だけでは絶対にわからなかったことも多々あり、疑問があればその都度、教えてくれた。

「ああ。今後もたまに来てくれると助かるな。あ、嬢ちゃんの短剣は予定通り明後日の朝には渡せるから、お前さんからそう伝えといてくれ」

「ああ。伝えておくよ。それじゃあな」

ドルトンの言葉に頷き、俺はドルトンに見送られながら工房をあとにした。

「ふぅ……いよいよ明日は謁見か」

ふと夜空を見上げた俺は小さくため息を吐くと、言葉を零《こぼ》した。

明日の午前十時から、俺は貴族の前で国王に謁見する。

不本意だが、国と不仲になってまで、会うのを拒否したいというわけでもない。

それに実を言うと、王城の中とかは割と興味がある。ファンタジー感あふれる城の中に、一度くらい入ってみたいと思ってたんだよな。

こんな仰々《ぎょうぎょう》しくなるのは、ちょっと想定外だったけど……

「じゃ、明日のための魔法を開発しとかないと」

ニナに《鑑定《かんてい》》された時でさえ、一部ステータスが見られてしまったのだ。

もし、この国トップの鑑定師《かんていし》に《鑑定《かんてい》》されたら、どれくらい情報がバレてしまうのだろう。

少なくとも、面倒なことになるのは目に見えている。

なので、明日までに《鑑定《かんてい》》を妨害できる魔法を開発しないといけないのだ。

幸いなことに開発の目途は立っている。

「……帰るか」

そう呟くと、俺は《長距離転移《ロングワープ》》を使い、ニナたちに借りている部屋に直接転移した。

「よっと。《念動《ねんどう》》」

部屋に転移した俺は《念動《ねんどう》》を使い、遠隔で家のドアの鍵を閉めた。昨日もこうしとけばラクだったなぁ。

「じゃ、やるか」

俺は既に寝ているシュガーとソルトに挟まれるようにしてベッドに仰向《あおむ》けに寝転がり、天井に向けて左手を伸ばした。そして、無属性の魔法陣を展開する。

「……こんな感じでいい……か？」

自身から不規則な魔力の波を放出すれば、《鑑定《かんてい》》されない。

《鑑定《かんてい》》するために放出された魔力の波を、こちらが放出した魔力の波で乱すことをイメージすればわかりやすいだろう。

ただ、これだと魔力感知能力がある人が見たら、国王の前で魔法を使ってるのがバレてしまう。

それはちょっとマズい気がする。

「仕方ない。《魔力隠蔽《まりょくいんぺい》》のレベルを上げるか」

フェリスから生き急いでいると言われたばかりだが、これは明日の謁見で必要なのだ。

今すぐにでも、レベルを上げなくてはならない。

「行くか。《世界門《ワールド・ゲート》》」

そうして俺は、《魔力隠蔽《まりょくいんぺい》》のレベルを上げるべく、神界へと向かうのであった。

◇　◇　◇

「流石に王城は警備が厳重すぎますねぇ」

壊滅した犯罪集団の地下アジトで、バーレン教国《きょうこく》最強の暗殺者である私——ヘルはそう呟いた。

私は今、ムスタン王国の国王を暗殺するために王都に来ている。

作戦の決行は明後日、魔物が王都を襲っている間。つまり、王城の警備が手薄になっている時。

ですが、少々困ったことがありますねぇ。

「常に国王に引っ付いている白騎士《しろきし》二人。まさかここまでレベルが高いとは……」

主《あるじ》の協力者からの文《ふみ》によると、私が国王を暗殺するにあたって、最大の障壁となるのは二人の白騎士。レベルは、それぞれ８０３と８１１。

私のレベルは８２９なので、それよりは少々低いですが、二人同時に相手をして、正面から戦闘になるのは避けたいところ。

協力者に二人を国王から引き離してもらうという手もありましたが、国王存命中に白騎士を動かすことができるのは国王のみらしいです。

本当に、世の中そう上手くいかないものですねぇ。

「まあ、私はボロを出さないように、明後日まではここでおとなしくしているとしましょう。さて、王都周辺に邪龍《じゃりゅう》の石《いし》を置いている人たちは、ボロを出して捕まったりなんてしてないんでしょうねぇ？」

ただ、それについては私の管轄《かんかつ》ではありません。

精々、成功を祈るのみですかねぇ？

第二章　いざ、謁見！

『スキル、《魔力隠蔽《まりょくいんぺい》》のレベルが10になりました』

「これでよし」

《魔力隠蔽《まりょくいんぺい》》のスキルを常時発動しながら、闇属性の魔法を使い続けることで、なんとかレベルを10にすることができた。

闇属性を使った理由だが、これはただ単に次にレベルMAXにしたい属性が闇属性だからってだけのことだ。闇属性は、時空属性の次に得意な魔法だからね。

「いや～、それにしてもまさか途中で食料が尽きるだなんて思いもしなかったよ」

今手元にある分で六十年は持つだろうな～って思ってたら、まさかの三十年で底をついてしまった。

いや、一応まだあるにはあるのだが、数が少ない高級食材だったので、食べることを躊躇《ためら》ったのだ。

そこで、俺は一旦ティリオスに戻って、ディーノス大森林で六時間ほどぶっ通しで食用の魔物を狩りまくった。

こうしてなんだかんだありつつも、なんとか《魔力隠蔽《まりょくいんぺい》》のレベルを10にできたのだった。

これで準備万端。謁見に行っても問題ないはずだ。

「よし。出るか」

昨日は朝食に遅れてしまったから、今日は遅れないようにしないとね。

今の時刻は、《時計《タイム》》によると六時十分。ちょっと早いが、新たに開発した魔法の調整等をしていれば、丁度いい時間になるだろう。

そう思った俺は《世界門《ワールド・ゲート》》を開くと、借りている部屋に戻った。

「よっと。じゃ、調整するか～」

ベッドはシュガーとソルトに占領されていて、俺が座る隙間がない。

仕方ないので、前に神界で作って《無限収納《インベントリ》》に入れておいた、お手製一人用ソファに座るとしよう。

「ふぅ～」

ソファに座ると、リラックスして息を吐いた。うん。なんか落ち着くね。

「では、《魔力隠蔽《まりょくいんぺい》》、《妨害《ジャミング》》」

すると、俺の体から不規則な魔力の波が放出され始めた。

魔法陣に異常なし。波の感じもよし。《魔力隠蔽《まりょくいんぺい》》のお陰で感知される心配もなし。

うん。完璧だ。

「コスパもいいし、《鑑定《かんてい》》以外にも何かと防げるから、常時発動しとくか」

《妨害《ジャミング》》は《鑑定《かんてい》》以外にも、《洗脳《せんのう》》《暗示《あんじ》》《幻惑《げんわく》》などといった干渉系《かんしょうけい》のスキル、魔法も妨害することができる優れモノなのだ。

必要な魔力量も、一秒で10程度なので、めちゃくちゃコスパがいい。

まーそもそも、こういう系の魔法は消費する魔力量を増やしても、効果はほとんど変わらないんだよね。

「ふむふむ。《妨害《ジャミング》》か。こりゃまた随分と便利な魔法を開発したのう」

すると、ダークは興味深そうに、そんな言葉を口にした。

「だな……ふぅ。やることやったし、飯の時間まで待つとするか」

たまにはこうやってゆっくりするのも悪くないだろう。

そう思いながら、俺はソファの背もたれに体を預けて座ると、深く息を吐いた。

そうしてしばらくのんびりしていたら、次第に部屋の外が騒がしくなっていった。

シュガーとソルトも起きて、俺の膝の上で丸まっている。

……そろそろ行ってもいい頃だろうか？

「行くよ」

「はーい！」

「わかりました」

俺はシュガーとソルトを床に下ろして、立ち上がった。そして、リビングへと向かう。

すると台所では、リックがいつものように朝食の準備をしているところだった。

ニナも既にいて、リックの手伝いをしている。

そして、テーブルの上には米が三人分置かれていた。

なんか毎回俺だけサボってるな。でも、俺にできることって、食事を食卓に並べることぐらいだからな。俺が調理に介入したら、せっかくの料理を改悪する未来しか見えねぇ。

「あ！　レインおはよう。もう少しで終わるから、座っていいよ。あ、シュガーちゃんとソルトちゃんの食事の準備でもしてたら？」

家の中ということもあり、ニナはラフな格好をしている。俺が来たことに気づいて振り返ると、明るい声でそう言った。

「ああ。おはよう。あと、ありがとな」

俺は礼を言って、椅子に座った。

そして、シュガーとソルトに木皿に載ったオークの生肉を差し出す。

『ありがとうございます。マスター』

『もぐもぐ……美味しい！』

美味しそうにオークの生肉を食べる二匹。俺は思わず二匹の頭を優しく撫でる。

すると、台所のほうから声が聞こえてきた。

「よし。完成だ。頼む、ねーちゃん。一皿持って行ってくれないか？」

「一皿と言わず、二皿持って行ってあげるわ」

リックの言葉にニナはそう言って、焼肉が載った皿を両手に一皿ずつ持って、テーブルへと運んできた。そのあと、リックも一皿持ってきて、机の上に置く。

「おまたせ。それじゃ、食べましょ」

ニナは俺の横の椅子に座ると、そう言ってニコリと笑った。

「ああ。そうだな」

ニナの言葉に頷き、俺は早速箸を手に取る。そして肉を取り、米と共に口へ放り込む。

「……ふぅ。あ、ドルトンからニナに伝言があるぞ。明日の朝に短剣が完成するから、来てくれだってさ」

ふと思い出した俺は、ドルトンからニナに伝えておくよう言われていたことを話す。

「そう。わかったわ。あ、私からも今日の謁見について、手紙には書かれていない注意事項を説明するわ。まず、シュガーちゃんとソルトちゃんは王城の中には入れないわ。あらかじめ許可を取らないと、従魔を連れて入ることはできないの。だから、シュガーちゃんとソルトちゃんは王城の敷地内に入った時に預けることになると思う」

王侯貴族がいる王城の中に入る客の戦闘能力は、可能な限り下げたいってことだろうな。

謁見とかを装《よそお》って、暗殺を企《たくら》む人がいる可能性だってある。

「で、次ね。謁見は午前十時からって書いてあるけど、一時間前には王城に入ってないといけないわ。マナーみたいなものね。だから、朝食を食べたら、早めに冒険者ギルドに行って、そこで適当に時間を潰しましょ。で、ギルドの時計が八時三十分を指したら王城へ向かうって感じにするわ」

「なるほど……わかった」

お偉いさんに会いに行く時って、予定より一時間も早く到着してないといけないのか。

そして、時間を確認するために、わざわざ冒険者ギルドへ行くと。随分と面倒だな。

「じゃ、これで私からの話は以上。さ、食べましょ」

「ああ。そうだな」

ニナの言葉に頷いて、俺は再び箸《はし》を動かすのであった。

そうして朝食を食べた俺は、身支度を整えると、リックに見送られながら、ニナと共に家を出た。

ああ、シュガーとソルトは、昨日と同じように好きに遊ばせることにした。

シュガーとソルトを初対面のやつに預けるなんて嫌だからな。

「あ、先にレインに言っておくわ。今日の謁見が終わったあとなんだけど、多分、多くの貴族から仕官の誘いが来ると思うわ。特にレインは私よりも大きな功績を立てたからね。でも、仕官の誘いがしつこいからといって、脅《おど》しちゃだめよ」

「……俺、そんなに短気じゃないぞ」

確かに仕官の誘いがたくさん来たら、鬱陶しいとは思う。

だけど、俺の意思を尊重して、断ったらすぐに手を引いてくれるのであれば、別に何人来ようが問題はない。

まあ、強引なやつだったり、断っても断っても誘ってくるやつだったりしたら流石に対処するけど。

……何かやけにニナの視線が疑り深い。

「ウェルドの領主、税金を半分にしたり、孤児院に寄付金を贈ったり、スラムで炊き出しをしたりしてるらしいけど？　レインとお話をしたあとに。ああいう類いの貴族って、たとえ脅迫されたとしても改心しないのにね」

ニナはお話のところを強調するように言った。うわ～、俺の信頼ねぇ～な～。

もう信頼ゼロどころか、マイナスまであるな。

「いや、もう一度言うが、脅迫はしてないからな。神に誓《ちか》ってもいいぞ。それに、俺はあいつに一切傷をつけてない。これも本当だ。今回も、仕官の誘いは全て断るつもりだ。雇用条件とかを出される前にスパッと断る」

とにかく、俺は誰かに仕えるようなことはしたくないんだ。

世界中を自由に冒険したいと思う俺にとって、それは枷《かせ》でしかないからな。

「脅迫とかは本当にしてないっぽいわね。ん～、じゃあなんで急に変わったのかしら？」

ニナは首を傾げ、不思議そうに言う。

「まあ、ちゃんとどう対処するのかを決めているのならいいと思うわ。ま、なるべく穏便《おんびん》にね」

「……善処《ぜんしょ》するよ」

ニナの言葉を聞いて、俺は視線を少し逸らすと、そう言った。

やがて、冒険者ギルドに到着した俺たちは中に入り、真っ先に時計を見る。

今の時刻は……七時五十分。まだまだ時間はあるな。

「早く行きすぎてもよくないから、待つ必要があるわね。食事はさっきとったし、お酒は流石に謁見前に飲むわけにはいかないし……うん。暇ね」

いや、開き直って暇と言われても……

まあ、実際この時間で何ができるかと言われても、ただ待つことぐらいだと思う。

下手なことをして、遅れるわけにはいかないしね。

「……あ、そうだ。訓練場で魔法を使って時間を潰せばいいや」

そういやここには無償で使わせてくれる訓練場があったな。

「あ、それいいわね。たまには初心にかえってみよっと」

ニナも俺の意見に乗っかり、俺たちは訓練場へと向かった。

訓練場では、新人冒険者らしき人たちが戦う術を学んでいた。魔法を撃ったり、剣を振ったりと様々だ。

俺たちはそんな彼らの邪魔にならないよう、訓練場の隅で魔法を使うことにした。

「初心に戻ってみるか。《火球《かきゅう》》」

周りを見て、ずっと昔に使っていた《火球《かきゅう》》をふと使いたくなった俺は、訓練場にある的《まと》めがけて撃つ。まあ、この程度の魔法じゃないと、ここを破壊しかねないしね。

左手に展開された魔法陣から放たれた《火球《かきゅう》》は、五メートル先にある的に当たると、ポスッと音を立てて消えた。

「私が使う《火球《かきゅう》》とは全然違うわね。鍛錬は大事って改めて思い知らされちゃった。《火球《かきゅう》》！」

そう言って、ニナも《火球《かきゅう》》を放つ。

う～む……言っちゃ悪いが、初心者にありがちな、無駄のオンパレードってとこだな。

放出する魔力の無駄をなくすだけで、同じ魔力量でも威力を結構上げることができるぞ。

ついでに、魔法陣の展開速度も速くなる。

まあ、そんな辛辣《しんらつ》な言葉をニナにかける勇気は俺にはないんだけどね。

他の人には多分言えるんだけどなぁ……

「……ちょっと無駄があるね。直す手段は色々あるけど、一番効果的なのは少ない魔力量で魔法を使うことだ。ニナの場合は、今の半分まで魔力を減らしてみるといい」

かといって何も言わないのもどうかと思ったので、俺は言葉をオブラートに包んでニナに助言をする。

「え？　それだと発動できないと思うんだけど……」

俺のアドバイスに対し、ニナは戸惑《とまど》いの声を上げた。まあ、その気持ちはわからなくもない。

「ああ。今のままなら発動できない。ただ、できなくてもやり続けていると徐々にコツを掴むことができる。五十年もすれば、半分の魔力でさっきニナが放ったやつと同じ威力になると思うぞ」

「……ま、まあ。五十年後にはできるってことなのね」

ニナは顔を引きつらせながらそう言った。

「あ、ああ。ガチガチにやらなくても、それくらいでできるぞ」

ニナの表情に戸惑いつつも、俺はそう返した。

そのあとも魔法を使い、八時三十分まで時間を潰した俺たちは、冒険者ギルドの外に出ると、王城へと向かって歩き出した。

「あ〜、王城でけぇ〜」

歩くにつれて、段々と王城が大きくなっていき、今ではもう見上げても全貌《ぜんぼう》が見えない。

「王城は国の象徴のようなものだからね。他国よりも大きいものを！　って感じで昔の人が頑張って作ったのよ」

ニナも王城を見上げながら、そんなことを言う。

「なるほどな〜」

こんなところでも国の格《かく》とかが問われるのか。

国って面倒くさいね〜。隙《すき》あらば相手にマウントを取る。

自由に好き勝手生きる俺には、よくわからないよ。

そんなことを思いながら歩き、遂《つい》に大きな城門の前まで来た。そこには多くの騎士がおり、城門の出入りを監視している。

「レイン。招待状を出して、騎士に渡すわよ」

「ああ、わかった」

ニナにそう言われた俺は《無限収納《インベントリ》》から招待状を取り出す。

ふと前を見ると、騎士の一人がこっちに向かって来ていた。

「どのようなご用件で王城に来られたのでしょうか？」

男性騎士は、丁寧な物腰でそう言った。

「国王陛下からの招待で参《まい》りました。Aランク冒険者のニナとレインです」

ニナはキリッと真面目な顔でそう言うと、招待状を男性騎士に渡した。

俺も、ニナに続いて招待状を手渡す。

「……本日謁見予定のレイン殿《どの》とニナ殿《どの》ですね。では、私のあとについて来てください」

男性騎士はそう言うと、招待状を俺たちに返した。そして、ついてくるよう促してくる。

「行きましょう」

「だな」

やや緊張気味にニナの言葉に頷いて、男性騎士のあとに続いて俺たちも歩き出した。

城門をくぐると、広い一本道に出た。両側には庭園があり、噴水《ふんすい》も見える。

広いな～、ここ。

以前、空を飛んで国立図書館に行った時に上から見たけど、その時の十倍は広く感じる。

そして、前方に見える王城の迫力も凄い。

ただ豪華ってわけじゃない。何人もの一流の職人が工夫を凝《こ》らして、何十年もかけて作ったように感じる。

それに、王城にふさわしい外観でありながら、耐久性にも優れているのがわかる。

なんせ、この王城には《耐久力上昇《たいきゅうりょくじょうしょう》》が付与されている他に、多くの《物質強化《マテリアル・プロテクション》》の魔法がかけられていた。これは物の強度を上げる無属性魔法で、込めた魔力にもよるが、一度展開すると基本的に一か月は持つ。

まあ、その間に攻撃を受ければ、その分効果が切れるのも早くなるけど。

今王城にかけられている大量の《物質強化《マテリアル・プロテクション》》なら、《熱収束砲《フレアカノン》》の直撃さえも一発は耐えられるだろう。これは結構凄いと思う。

そんなことを思いながら、俺は王城の中に入った。そして、きらびやかな城内を歩き、客室へと案内された。

客室には豪華なソファとテーブルがあり、壁にはよくわからん絵が飾ってある。

「凄いなあ……」

この部屋だけでも相当金をかけているんだろうな～と思いながら、俺はソファに座った。

そしてニナも、俺の横に座る。

「それでは、しばらくお待ちください」

そう言って出ていく男性騎士とすれ違いで、メイド服を着た女性が客室に入ってきた。

「お飲み物をお持ちしました」

メイドはワゴンに載せられたティーカップと一口サイズの洋菓子を、テーブルの上に置く。

洋菓子は四角いやつだけど、これなんて言うんだろ？

……わからん。

ティーカップに入っているのは、ぱっと見では紅茶だと思う。

「ありがと」

「ああ。ありがとう」

ニナに続けて俺も礼を言う。

メイドはニコリと笑うと、頭を下げ、ワゴンと共に客室から出て行った。

俺は出されたティーカップを手に取り、飲んだ。

……あ、これやっぱり紅茶だな。

「……いよいよか。王侯貴族はどんな感じなんだろう？」

王侯貴族の俺への反応が気になるところだ。

別に優遇してほしいとは思っていない。ただ、俺の邪魔をしてほしくないだけだ。

あまりにもひどいようなら即出国か、少し痛い目に遭《あ》わせることも視野に入れている。

「私たちに悪い感情を抱かせないためにも、こういう時に謁見に呼ばれる貴族はみな善良よ。平民を蔑《さげす》むような貴族は絶対に呼ばれないわね」

「ふーん。まあ、そういうものか」

曲がりなりにも俺たちは国の恩人。そんな俺たちを不快にするようなマネはしないか。

でも国王はともかく、他の貴族がそう思っているとは限らない。

平民であるおれの機嫌を窺《うかが》う王侯貴族なんてほとんどいないと思う。

つーか、そんなことしたら逆に警戒するな。

何か企んでいるのかな？　って。

「ま、今考えても仕方ないか」

そう言うと、今度は洋菓子を口にした。

うん。甘い。

そうして、待つこと十数分——

ガチャリ。

客室に一人の男性が入ってきた。パッと見は四十代前後に見える。後ろで丁寧に纏《まと》められた長めの黒髪に金色の目。端整な顔立ちで、少し威圧感がある。

「レイン殿《どの》とニナ殿ですね？　私はムスタン王国の宰相、トール・フォン・フィーデルと申します」

礼儀正しく挨拶をするこちらの男性。まさかの宰相だった。

宰相といえば、国王の側近のめちゃくちゃ偉い人だ。

「こ、こんにちは。Aランク冒険者のニナと申します」

「こんにちは。Aランク冒険者のレインと申します」

ちょっぴり緊張しているニナに続くようにして俺も立ち上がると、ニナに倣って、礼儀正しく自己紹介をした。

こういうのって、先に誰かが言ってくれたほうが緊張しないんだよね。

「ええ。こんにちは。そう硬《かた》くならなくてもよろしいですよ。どうぞ、お座りになってください」

トールはニコリと笑うと、俺たちに座るように促した。

立ち上がったはいいものの、座るタイミングを計りかねていた俺にとって、その言葉はありがたかった。

「ありがとうございます」

俺は礼を言い、ソファに座る。ニナも、俺と同時にソファに座った。

そしてトールもテーブルを挟んで、対面するようにソファに座ると、口を開いた。

「早速ですが、本題に入らせていただきます。といっても、そう難しい話ではありません。私はただ単に謁見前の挨拶に来ただけです」

トールはそう言うが、多分違うな。

いや、間違いではないがそれは建前で、本当は俺たちがどんな人なのかを見極めに来たのだろう。探り合いは得意じゃないが、これくらいのことは予想できる。

「あとは謁見時の作法についてですね。貴族以外で知っている方はほとんどおりませんので、教えに来たという感じです。まず、謁見室に入ったら、絨毯《じゅうたん》の切れ目まで歩いてください。そこで左膝《ひだりひざ》をつき、左手を胸に当てて、頭を下げます。この時、右手は軽く後ろに回しておくとよいでしょう。あとは陛下の許しと共に、顔を上げてください」

「なるほどね……」

俺は頷きながら呟く。

謁見の仕方は大方予想通りだった。いや～、ファンタジー小説や漫画で培《つちか》った知識って意外と役に立つもんなんだね。

「多少間違っていたとしても、咎《とが》めるつもりはありませんので緊張なさらず。では、私はこれにて失礼します。謁見室にて、またお会いしましょう」

トールはそう言うと、客室から出ていった。

「……結構いい人だったな」

しばらくして、俺はそう呟いた。

人の悪意をスキルや魔法で感知できる俺は、その程度ならすぐにわかる。

宰相があれなら、国王も大丈夫だろう。

そう思うと、俺はふっと安堵《あんど》の息を漏らすのであった。

ソファに座っていたニナはおもむろに立ち上がり、左膝をつき、左手を胸に当てて、頭を下げた。

「どうかしら?」

「ん～……いいと思うぞ。素人目だが、それで文句を言われることはないだろう。宰相も、多少間違っていても咎めないって言ってたし」

ニナの作法に、俺はそんな評価を下す。まあ、評価って言うほどのものでもないけどね。

そしてしばらくすると、客室のドアが開き、老執事《ろうしつじ》が入ってきた。

「レイン様。ニナ様。謁見のお時間です」

ああ、ついに謁見の時間がやってきてしまったか。

そう思った俺は、緊張を抑《おさ》えてから立ち上がった。

「それでは、私について来てください」

老執事は頭を下げると、くるりと背を向け、歩き出した。

俺とニナは、老執事のあとに続いて、客室を出る。

そして、相変わらずきらびやかな城内を歩き、やがて一つの大きな扉の前で立ち止まった。

……でっけぇな。この扉。

流石は謁見室の扉。とにかく豪華ででかい。

王城に来てからずっと思ってたんだけど、王城にあるものってやたらとでかいよな。

ロマンがあるな～と思う一方で、利便性に欠けるな～と思ってしまうのは俺だけだろうか。

すると、扉がギギギ……と開いた。中も相変わらず豪華の一言に尽きる。

謁見室の両側には合わせて三十人ほどの貴族らしき人と、護衛の騎士が十人ほどいる。

みな、露骨ではないが、俺とニナを興味深そうに、品定めをするような目で見てくる。

そして、部屋の奥にはひときわ豪華な椅子に座る男性がおり、その後ろにはさっき会った宰相のトールがいた。

そして、その二人を守るようにして、両側に白銀《はくぎん》の鎧《よろい》を着た騎士が二人いる。二人とも、俺が今まで見た人の中ではトップクラスに強いな。

「それでは、前へお進みください」

老執事の言葉で、俺とニナは前へと歩き出した。

レッドカーペットの上を歩き、絨毯の切れ目で止まる。流石のニナも緊張していたので、そっと魂を落ち着かせる闇属性魔法、《鎮魂《ちんこん》》を使って落ち着かせる。

そのあとはトールに言われた通り、左膝をつき、左手を胸に当てて、頭を下げた。

そして、国王の許しを待つ。

「レイン。ニナ。頭を上げよ」

前方から低めの男性の声が聞こえた。威圧感――いや、威厳《いげん》を感じる。

その声に応じて、俺とニナは顔を上げた。

目に入ってきたのは、豪華な服を着て、頭に王冠《おうかん》を載せた金髪碧眼《きんぱつせきがん》の初老の男性だ。

「余《よ》がムスタン王国の国王、グレリオス・フォン・レオランド・ムスタンだ」

やはり、この男性が国王だった。

そして、グレリオスは続けて言う。

「皆《みな》も知る通り、半月ほど前にメグジスが邪龍の加護を受けた魔物の群れに襲撃された。帝国を襲った魔物より数は少ないが、それでも街一つは容易く滅ぼせるほどの戦力だ。だが、そこにいるレインとニナのお陰で、被害をほとんど出すことなく討伐できた。故に、私から感謝の言葉を述べよう。メグジスを――我が国を守ってくれたこと、感謝する」

国王の感謝の言葉と同時に、周囲から拍手が起こった。

ん～……意外と好意的に迎えられているっぽい。

さて、この調子で終わってくれるといいんだけどなぁ……

「そなたらには褒美をやろう。なるべくそなたらが望むものを与えるつもり故《ゆえ》、褒美については後《のち》ほどそなたらの意を聞き、決定する」

お、こっちで褒美を決められるのか。

こういうのって国にとって都合がいい褒美を、半《なか》ば強制的に押し付けてくるものだと思ってたけど、違うんだな。

まあ、そうなったら上手いこと回避するつもりだったけどね。

「私はその褒美を受け取れるほどの実力はありません」とでも言えば断われるだろう。

「話は以上だ。彼らを客室へと案内してくれ」

国王の言葉で、先ほどの老執事が俺たちのところに来た。

「それでは、私について来てください」

老執事の言葉で俺とニナは立ち上がり、そのまま謁見室を出た。

「……ふぅ」

謁見室を出て、城内を歩く俺は軽く息を吐いた。

いや～、思ってたよりも短かったな。

謁見って、堅苦しいのがずーっと続くものだと思ってたけど、蓋《ふた》を開けてみればこの通り。

ものの数分で終わってしまった。

そんなことを思いながら城内を歩き、客室にたどり着いた俺はソファに座った。

ニナも、俺の横に座る。

そのあと、老執事が去って、少ししたところでニナが声を上げた。

「あ～、緊張した～」

ニナはテーブルに手をつき、少し前かがみになると、そう言って深く息を吐く。

「俺は緊張というよりは、国王がどんなことを言ってくるか心配していた」

俺にかかれば大抵のことは対応できる。

だが、国王がもし俺に対処できないような頼み事をしてきたらどうすればいいのか。それが気が気でなかったのだ。

「あ〜、そっちの心配ね。まあ、わからなくもないわ。国王の言葉一つで割とどうとでもなっちゃうからね。私たちは」

ニナはそう言うと、ため息を吐く。

そのあともしばらく話をしていると、唐突に客室のドアが開いた。

そして、国王ことグレリオスと宰相のトールが、二人の白銀の鎧の騎士と共に入ってきた。

いきなりの国王登場に、俺は立ち上がって頭を下げようとしたが、それをグレリオスが手で制す。

「座ったままでよい。余は堅苦しいことが苦手なのだ」

グレリオスはそう言うと、俺と対面するようにソファに座った。

そして、ソファの後ろにトールが立ち、ソファの両側に騎士が立った。

「では、早速だが聞こう。何か欲しいものはあるか？　遠慮なく言ってくれ。余が国王だからと本心を押し殺されるのは不愉快《ふゆかい》なのでな」

グレリオスはやや軽めの口調でそう言った。こっちが素っぽいな。

「あ、はい。私はお金が欲しいです。いくらあっても困りませんからね」

ニナはやや遠慮がちにそう言った。

なるほど。お金か。まあ、無難だな。

「あいわかった。金は後ほど冒険者ギルドに振り込んでおくから、そこで確認するといい」

「ありがとうございます」

ニナはそう言って、頭を下げる。

よし。次は俺の番だな。

「俺は城内の書庫に入る許可が欲しいです」

俺はグレリオスに望みを言った。

国立図書館で知ったのだが、ここ王城には、国立図書館より貴重な本が収められているらしい。

だが、そこに入れるのは国王に直接許可をもらった人のみ。

断られる可能性が高いと思うが、言うだけ言ってみよう。そう思ったのだ。

「うむ。勤勉《きんべん》なのはよいことだ。許可する」

「!? ……ありがとうございます」

思いのほかあっさりと許可をもらうことができた。

ちょっと意外だな。

そう思っていると、グレリオスが口を開いた。

「あそこにあるものは、何も公《おおやけ》にできないものというわけではない。国立図書館同様、貴重な資料故、厳重に保管しているのだ。では、次に余からそなたらに頼みたいことがある。どうか、我が国に仕えてくれぬだろうか？」

「仕えることはできません」

いきなり仕官の誘いを持ち掛けられたことで、建前なしでド直球に断ってしまった。国王相手にこりゃマズいな。

グレリオスとトールは動じてないが、二人の騎士は俺に怒気《どき》を放っているぞ。

「何失礼なことといってんじゃテメェ！」とでも言いたそうだ。

「はっはっは。余相手に臆《おく》せず、面と向かって誘いを断ろうとは思いもしなかった。白騎士よ、怒りはそれくらいで収めてくれ。彼は余の言葉通り、本心を押し殺さずに言っただけなのでな」

グレリオスは怒ることなく、逆に高笑いをすると、二人の騎士の怒りを鎮《しず》めようとする。

「「はっ、承知いたしました」」

二人の騎士は軽く頭を下げると、声を揃《そろ》えてそう言った。

「うむ。では、ニナの返答を聞こうか」

グレリオスは頷くと、ニナに話を振る。

「私も、レインと同じで仕えることはできません。冒険者として、やりたいことがまだありますので……」

ニナはしっかりと理由を述べて、柔《やわ》らかく仕官の誘いを断った。

あ～、俺もそんな感じで断ればよかったのかな～。

「そうか……ちなみに、そなたらほどの腕前なら、初任給でも月七十万セル以上を約束しよう。冒険者と違い、怪我をしたときは無償で回復魔法を受けることができるし、装備も無償で提供する。更に、城の設備も無償で使える。休みの曜日は不定期だが週に二日あり、有給休暇は年間で二十五日ある。どうだ？」

他の人からしてみれば魅力的な提案なんだろうが、俺は微妙としか思えなかった。

ディーノス大森林で狩った魔物の魔石を売れば、ここで稼げる額よりも多い額を一日で稼ぐことができる。回復魔法は使えるので、無償だろうが受ける意味がない。

装備も今のものが、長年使っているのもあってしっくりきている。

冒険者なら、好きな時に休みが取れる。

うん。やっぱ冒険者最高だな。命を懸《か》ける場面は多いが、俺が命の危機に遭うことなんてまずないと思う。というか、傷をつけられることもないんじゃないかな？

俺が最後に誰かに傷をつけられたのって、七十歳ぐらいの時にドラゴンと戦ったのが最後だと思う。

しいていえば、ダークによる剣術特訓の時に指先を切り付けられたことがあったが、傷はつかなかったな。

まあ、結局のところ、俺はどんな条件を提示されようが、仕えるつもりはないのだ。

「申し訳ありませんが、仕えることはできません」

「好条件を提示していただき、大変光栄ですが、これはかりは条件の問題ではありませんので……大変申し訳ございません」

俺とニナは頭を下げながら、改めて言う。

さて、悩む素振りも見せず二回も断ったんだから、仕える意思は全くないってことは伝わったと思う。だから、流石にこれで仕官の誘いは終わり……だと信じたいね。

「ふむ……なら、形だけでも我が国に仕えているということにするのはどうだ？　通常の士官よりはかなり減るが、そなたらには何もせずとも毎月給金が入る。有事の連絡が来た時のみここへ来て、その力を使うだけでよい。これならどうだ？」

なるほど。結構譲歩《じょうほ》したな。

ただその有事って、そっち次第でどうとでもなりそうなんだけど。

俺からしてみればしょうもないことが、そっちからしてみれば有事ってことも結構あると思う。

それに、冒険中に来いと言われるのは嫌だからね。

「申し訳ありませんが、仕えることはできません」

「遠くの地へ冒険しに行くこともあるので、有事の時にここへ来ることができない可能性が非常に高いです。故に、申し訳ありませんが、仕えることはできません」

俺はさっきと全く同じ言葉で断り、ニナは上手いこと理由をつけて断っている。

ニナ、ありがとな。そういうのはこれからもニナに任せるよ。

俺には向いていないんだ。そういうの。

「そうか……わかった。心変わりしたら、また来てくれ。席はいつでも空いておるぞ」

グレリオスは少し残念そうな顔でそう言った。

よし、ようやく諦めてくれたか。

「では、レインにはこれを渡しておこう」

グレリオスは懐《ふところ》から一枚の名刺サイズのカードを取り出すと、テーブルの上に置いた。

「これは王城の一階のみ、入ることができる登城許可証《とうじょうきょかしょう》だ。書庫は一階にあるからな。そのカードの裏にある黒丸に魔力を流せば、人物登録ができる」

「わかりました」

俺は登城許可証を受け取ると、それをクルリと裏返す。

そして、裏面の真ん中にある黒丸に魔力を流した。

なるほど。魔力の波長の違いを利用した識別装置《しきべつそうち》か。原理さえわかれば、作るのはそう難しいことではないだろう。

「うむ。あとは、それを登城する際に騎士に見せ、書庫へ行く旨《むね》を伝えればよい。我が騎士が案内してくれるだろう」

「わかりました」

よし。これで好きな時に書庫に行ける。

俺では到底思いつかないような大発見が記された本が、書庫にはきっとあるはずだ。

何事も、一人でやるには限界があるからね。こうやって、誰かの知恵を借りるのは大事なんだよ。

この知識欲を前世で持っていたら、日本一の難関大学に入れたりしたのかな？

……いや、考えないでおこう。虚《むな》しくなりそうだから。

「これで話は終わりだ。ああ、これからすぐに書庫へ行きたいか？」

「あ、はい。行ってみたいです」

グレリオスにそう聞かれ、俺は反射的にそう答える。

「わかった。では、後ほど執事に案内してもらうとよい。では、余は戻るとしよう。また会う日を楽しみにしておるぞ」

そう言ってグレリオスは立ち上がると、護衛の騎士とトールと共に、客室を出て行った。

少しの静寂《せいじゃく》のあと、ニナが口を開いた。

「ふぅ～……レイン。国王相手に……というか、貴族相手でもあの断り方はマズいと思うわよ。聞いているこっちがヒヤヒヤするわ。せめて建前とか言いなさいよ」

「それは……すまない。いきなりのことだったし……それに、俺は建前を言うのが苦手なんだ。断る本当の理由を言ったら、多分不敬罪《ふけいざい》になる」

人と関わる経験が乏《とぼ》しい俺に、建前は無理だ。

今の俺では、あれくらいが精一杯なんだ。

「まあ、レインはそういう社交辞令《しゃこうじれい》は苦手そうだからね。あなたって自分の主張を包み隠さず言うタイプだしね……あ、聞いてなかったけど、本当の理由ってなんなの？」

ニナは興味深そうにそう聞いてくる。

「仕官という枷をつけられたくない。邪魔にしかならないから」

「うわぁ……言わなくて正解よ。それ言ったら、温厚で有名な国王様でさえキレるわよ」

ニナも、この理由には眉をひそめた。

まあ、これは言っちゃダメってことぐらいは流石にわかるよ。俺もこんなことを言われたら、不快な思いをするだろうからね。

すると、客室のドアが開き、さっきの老執事と、若めの執事が客室に入ってきた。

「それでは、私がレイン様を書庫へとご案内いたします」

「私がニナ様を王城の外へとお連れいたします」

二人の執事は頭を下げると、それぞれそう言った。

「わかった。ニナ、夕食には帰るよ」

「わかったわ。いってらっしゃい。あとでどんな感じだったか聞かせてね」

俺はニナの言葉に軽く笑みを浮かべ、老執事に連れられて、客室の外に出た。

そして、城内を歩き、書庫へと向かう。

「……こちらでございます」

老執事は両開きの扉の前で立ち止まると、俺のほうを向き、そう言った。

扉の上には、『王城管理書庫《おうじょうかんりしょこ》』と書かれたプレートがある。

「それでは、ごゆっくりどうぞ」

そう言って老執事は頭を下げ、去って行った。

「よし。入るか」

俺は扉に手をかけると、ゆっくりと開いて、中に入った。

王城管理書庫に入ったら、目の前には受付があった。

だが、身分証などを見せる必要はなく、「わからないことがございましたら、お近くの司書《ししょ》にお尋ねください」と言われただけで通してもらえた。

「確かにここは図書館ではなく、書庫と言うほうが適切だ」

人に来て読んでもらうことよりも、本を保管することに重点を置いたつくりになっている。

本棚と本棚の間の通路は必要最低限の幅しか確保されていない。

本を読むスペースも所々にあるというわけではなく、一か所にまとまっているようだ。

「やっぱりまずは《錬金術《れんきんじゅつ》》の本にしてみるか」

奥が深く、組み合わせ次第で様々なものを生み出すことができる《錬金術《れんきんじゅつ》》。

俺が持っているスキルの中で、これが一番自力では上達しづらいものだと思っている。

そのため、本からいい知恵を借りないと、作りたいものが作れない。

というか、実際に挫折《ざせつ》した経験がある。

そういうわけで、《錬金術《れんきんじゅつ》》の本を読むと決めた俺は、近くにいた司書に案内してもらい、《錬金《れんきん》術《じゅつ》》関連の本がある場所に来た。

「ん～……見るからに難しいことばっか書いてありそうだなぁ……」

初心者、中級者向けの本が全くと言っていいほどない。

「国立図書館である程度知識を入れといて正解だったな」

もし、大した予備知識もないままここに来ていたら、何言ってんだよこれ～って状態になって、頭から煙《けむり》が出てたと思う。

「で、どれにするか……ま、無難そうなやつにするか」

これといった捻りのない、シンプルな題名の本を二冊手に取ると、それらを読むべく机と椅子がある場所へと向かった。

「……む？　誰かいるな」

利用者は誰もいないと思っていたが、本を読む若い男性が一人だけいた。

すると、ふとその男性と目が合う。

直後、俺は咄嗟に目を逸らし、椅子に座った。

目が合うと、なんか気まずい気分になるんだよね。

「ふぅ……な!?」

本を読もうとした瞬間、俺は思わず目を見開いた。

常時発動している《妨害《ジャミング》》をすり抜ける魔力を感知したのだ。

しかもこれは……《鑑定《かんてい》》の波長だ。

俺は即座にその魔力をたどって、魔力の主《ぬし》を特定する。

「お前か。《隔離結界《かくりけっかい》》、《幻影《ファントム》》」

魔力の主は二つ横の椅子に座る、さっき目が合った男性だった。

即座に俺と男の周辺を《隔離結界《かくりけっかい》》で覆い、更にその上に《幻影《ファントム》》を被せた。

これで、誰にも気づかれない。

「一体何者なんだ？」

男にそう問い掛ける。

俺の《妨害《ジャミング》》があれば、たとえ相手の《鑑定《かんてい》》のレベルが10だとしても、せいぜい一つ、二つしかステータスの内容を見ることはできないはずだ。

だが、さっきすり抜けた魔力の量的に、半分近く見られた気がする。

そう思い、俺は身構えながら返答を待った。

「す……すみません。勝手に人を鑑定するのはマナー違反だとわかっておきながら、つい見てしまいました。本当にすみません」

男は立ち上がると、腰を九十度ぐらいに曲げて頭を下げた。

凄まじいぐらい誠意のこもった謝罪に、俺が思わずたじろいでしまう程だ。

こうなると、なんか責めづらいな……

「にしてもどうして見え……あ、あれか！」

最初にフェリスから与えてもらった知識の中にあった、ある天職とスキルを思い出した。

この男があの天職なら、俺のステータスも見えるはずだ。

俺は咄嗟にこの男性を鑑定した。勝手に見るのはマナー違反だけど、そっちが先に見てきたんだから、文句は言えないよね。


【アレン・フォン・レオランド・ムスタン】
・年齢：17歳　・性別：男
・天職：鑑定王《かんていおう》　・種族：人間　・レベル：42

・状態：健康

（身体能力）

・体力：2300／2300　・魔力：1630／2430

・攻撃：2200　・防護：2610　・俊敏：2600

（魔法）

・風属性：レベル4

（パッシブスキル）

・精神強化《せいしんきょうか》：レベル2　・毒耐性《どくたいせい》：レベル2

（アクティブスキル）

・神眼《しんがん》：レベル4　・体術《たいじゅつ》：レベル4　・思考加速《しこうかそく》：レベル6

（称号）

・ムスタン王国第三王子《おうこくだいさんおうじ》　・賢人《けんじん》　・救《すく》う者《もの》　・正直者《しょうじきもの》

やっぱり天職が鑑定王で、《神眼《しんがん》》のスキルを持っていた。

《神眼《しんがん》》は鑑定王の固有スキルで、《鑑定《かんてい》》の上位互換のスキルだ。

いやー、流石にこれを完璧に防ぐのは無理だ。

相手の魔力の波長に合わせて上手いこと魔力を放出すればやれないことはないが。

まあ、こんな感じで不意に見られたら、結局対処しようがないわけで。

てか、《神眼《しんがん》》に気を取られていたせいですぐには気づかなかったけど、こいつ王族かよ。

王族が護衛を連れずに一人で書庫にいるって大丈夫なのかな？

「ま、見られた理由はわかったから……とりあえず顔を上げてくれ」

俺が色々と考えている間も、彼——アレンはずーっと頭を下げていた。

流石にいたたまれなくなったので、俺は顔を上げさせる。

「それで、俺のステータスはどこまで見えたんだ？」

レベル４の《神眼《しんがん》》でどこまで見ることができるのか気になった俺は、アレンにそう問いかけた。

「はい。これを見てください。《神眼《しんがん》》——開示《かいじ》」

すると、アレンの目の前に俺の鑑定結果がホログラムのように出現した。

これは《神眼《しんがん》》スキルの能力の一つなのか。

鑑定結果をこんな感じで誰かと共有できるのは、凄く便利だと思う。

これ、《鑑定《かんてい》》ではできないからさ。

さて、俺のステータスはどのように表示されているのだろうか……

【レイン】

・年齢：解析不能　・性別：男
・天職：錬金術師　・種族：解析不能　・レベル：解析不能
・状態：健康

（身体能力）

・体力：解析不能　・魔力：862400／862400
・攻撃：解析不能　・防護：解析不能　・俊敏：852300

（魔法）

・火属性：レベル10　・水属性：レベル10
・光属性：レベル10

（パッシブスキル）

・魔力回復速度上昇《まりょくかいふくそくどじょうしょう》：レベル10　・物理攻撃《ぶつりこうげき》耐性：レベル10

（アクティブスキル）

・思考加速《しこうかそく》：レベル10　・気配察知《けはいさっち》：レベル10

（称号）

・メグジスの英雄《えいゆう》　・Aランク冒険者

なるほどね。

俺が特に秘密にしたいなって思っているところは見られていないから、よしとするか……とはならんな。

流石にこれを国王に伝えられたら、面倒なことになりそうだ。

俺の冒険を権力者共に邪魔されるなんて、あってはならないからね。

「それは誰にも言ってほしくない情報だ」

俺はそう言って、記憶を消すためにアレンの頭に手をかざそうとした――次の瞬間。

「アレン・フォン・レオランド・ムスタンの名に懸けて、絶対に他言しないと誓います。たとえ父上であろうとも、絶対に言いません」

アレンの誠意に俺はまたもやたじろぐ。アレンは嘘を言っていない。

魂も、凄く綺麗《きれい》だ。まるで邪《よこしま》な感情を持たない、幼子のよう。

そして、彼の持つ『正直者』という称号。

……記憶は消せないな。アレンの誠意を、切り捨てる気にはなれない。

「……わかった。誰にも他言しないでくれ。言ったら相応の対応をする」

俺はそう言うと、席に戻った。そして、《隔離結界《かくりけっかい》》と《幻影《ファントム》》を解除した。

「……ふぅ。まさか王級《おうきゅう》の天職持ちがいるとはな。それも鑑定王とは……」

誰にも聞こえない程の小さな声で、俺はそう呟いた。

フェリスからの知識によると、王級天職はかなり希少だ。希少さの度合いで言うと、大体五千万人に一人といったところだ。

ちなみに、錬金術師の上にも錬金王《れんきんおう》というのがある。

だったら、転生する時にそれを選べばよかったじゃんってなるのだが……

それを選ぶとリソースの問題で、魔法を四属性しか選べなくなってしまうと、フェリスからの知識に書いてあったので、即座にその案は切り捨てた。

別に錬金術師も、本気で極めれば錬金王とそう大差ないからね。

そんなことを考えていると、アレンが俺の横に来た。

「レインさん、また会いましょう。僕にできることがあればなんでもします」

アレンはそう言うと、一枚のカードを俺の机の上に置き、去って行った。

そのカードには、『アレン・フォン・レオランド・ムスタン面会許可証』と書かれている。

「……友達と遊ぶ約束をしたような気分だ」

王族に会いたいと言われたら、何か思惑があるのではないかと思ってしまうのは、平民の俺からしたら自然なこと。なのに、何故かそう思わなかった。

「気が向いたら行ってみようかな」

ふっと笑うと、俺は本を読み始めた。

本を読む。読んで、読んで、読んで――

そんな感じで、俺は読書に長いこと没頭した。


「……そういや今何時だ？　腹もそこそこ減ってるし」

ふと今の時間が気になった俺は、《時計《タイム》》で確認する。

「……げ、六時二十分かよ。早く帰らねぇと」

毎度の如《ごと》く昼食をすっ飛ばし、もう夕食の時間になっている。

俺は慌てて本を元の場所に戻すと、書庫を出た。

その時、受付で本を持ち出してないかと聞かれたが、持ち出していないと答えた。

魂干渉系の魔力を感じたため、恐らく《真偽《しんぎ》》という、相手の言葉が正しいかどうかを知ることができるスキルを使ったのだろう。

まあ、常時発動している《妨害《ジャミング》》で防いじゃったから、俺が嘘をついてもつかなくても、正しいと出るはずだ。

「……くっそ。マジで王城広いな」

城内を咎められないギリギリの速度で移動しながら、俺は悪態《あくたい》をつく。

誰にも見つからない場所でさっさと家に転移すればいいじゃんって思ったりもしたが、入城記録を取ってるだろうな～と思い、その案はすぐに捨てた。

もし入城記録を取られている状態で、転移を使って家に帰ったら、絶対ヤバいことになるからな。

「あ～、見えてきた」

ようやく城門が見えてきた。城門には、騎士が十数人ほどいる。

そして、城門に着くと、騎士に呼び止められた。

「身分証明書を提示して、お名前を教えてください」

「レインだ」

俺は騎士に自分の名前を言いながら、《無限収納《インベントリ》》から取り出した冒険者カードを見せる。

「レイン様ですね……はい。確認が取れました。それでは、気を付けてお帰りください」

騎士は何かの名簿にチェックを入れると、そう言って軽く頭を下げる。

あ、やっぱり入城記録みたいなのあったんだ。転移しないでよかった～。

「よし。出たからいいな。さっさと帰ろう」

王城から出た俺は、人気《ひとけ》のない路地裏へ小走りで移動すると、念のため《気配隠蔽《けはいいんぺい》》を使ってから、《長距離転移《ロングワープ》》でニナとリックの家の前に転移した。

「よっと。よし。誰もいないな。じゃ、ただいま～」

近くに人がいないことを確認してから《気配隠蔽《けはいいんぺい》》を解除する。

そして、ドアを開けて、家の中に入る。

「ご主人様！　おかえり！」

「おかえりなさい。マスター」

家の中に入ると、シュガーとソルトが出迎えてくれた。

「ああ。ただいま」

俺はしゃがむと、二匹の身体を優しく撫でる。

うん。もふもふしてて気持ちいい。癒《いや》される。

すると、リビングからニナが出てきた。

「あ、レイン。おかえり。丁度夕食ができたところよ」

「ああ。わかった。今行くよ」

ニナの言葉に頷き、シュガーとソルトを連れてリビングへと向かった。

そして食事を終えると、今日は色々あって疲れていることもあって、作業はせずにベッドに入り、シュガーとソルトと共に眠るのであった。

第三章　黒い魔物の襲来

次の日の朝。

朝食を食べ終えた俺たちはドルトン工房へと向かっていた。

理由はもちろん、ニナが製作依頼をした短剣を受け取るためだ。

「あ、レインさん。どうぞお入りください。お連れの方もどうぞ」

前と同じように、顔パスでドルトン工房に入れてもらう。

後ろでニナが、「顔パスで入れる人って、最高位の弟子ぐらいじゃなかったっけ？　あれ？　違ったっけ？」と呟いているが……うん。俺は別に弟子じゃない……よね？

そんなことを思いながら、俺はドルトンの部屋へと向かう。

ドルトンの部屋に着くと、そこには相変わらず槌を振るドルトンの姿があった。

こうなると、ちょっとやそっとじゃ俺たちの存在に気づいてくれない。

俺はドルトンに近づくと、息を吸う。

「すぅ～……ドルトンさーん！」

そして、腹の底から声を上げて、ドルトンの名前を呼んだ。

う～ん。でもやっぱり大声を出すのって慣れないな。

いや、慣れる必要はないか。うん。必要ない。

「おう！　お前さんか。お、嬢ちゃんも来てるな。じゃ、ほれ。こいつが嬢ちゃんの短剣だ。大切に使えよ」

ドルトンは俺たちのほうを向くと、手に持っていた槌を台の上に置いた。

そして、近くの棚から鞘に収まった短剣を二本手に取り、ニナに手渡す。

「だがな。そいつはまだ完成品じゃねぇ。レインに《付与《ふよ》》をかけてもらう作業が残っている」

ドルトンはそう言って、俺に視線を向けた。

なるほど。了解した。

「わかった。ニナ、ちょっと貸してくれ」

「ええ」

ニナは頷くと、俺に二本の短剣を手渡す。

よし。無難に使えそうな効果をいくつかつけてみるとしよう。

「《付与《ふよ》》。《耐久力上昇《たいきゅうりょくじょうしょう》》《耐汚染性上昇《たいおせんせいじょうしょう》》《攻撃力上昇《こうげきりょくじょうしょう》》」

効果の数はちゃんと自重しつつ、便利なものを三つ付与した。

これなら、国宝とまではいかなくとも、貴族の家宝《かほう》クラスと言えるのではないだろうか。

「はい。これで完成だ」

《付与《ふよ》》が施《ほどこ》され、完成した二本の剣を俺はニナに返した。

「ありがとう」

ニナはそれらを受け取ると、嬉しそうに礼を言った。

「よかったな。で、そいつのお代は金貨一枚だ。二本で一枚だから、間違えんようにな」

「え⁉　安すぎないですか？」

ニナは目を見開き、驚いてドルトンにそう問いかけた。

ドルトンに依頼すると、最低でも金貨三枚はかかるってニナ言ってたもんな。いくら俺が手を加えたとはいえ、二本でその値段とは一体どういうことなのだろうか……

「レインが思った以上に働いてくれたからな。その働きに感謝して、大サービスだ。俺が目を見開くほど働いてくれたレインに感謝するんだな。嬢ちゃん」

ドルトンは豪快に笑うと、そう言った。

あ〜、俺ってドルトンの想像以上に働いてたのか。

たくさん働いた実感が全然ないな。まあ、それは仕方ないか。作業中はちょくちょく記憶が飛んじゃうからね。

「ありがと！　レイン。大きな借りができちゃったね」

ニナはドルトンに金貨一枚を渡すと、満面の笑みでそう言った。

「そうか。ま、借りは好きな時に返してくれればそれでいい」

ニナの言葉に俺はふっと笑い、そう言った。

借りは気にしなくていいと言っても、ニナの性格であれば申し訳なさを感じるだろう。

なら、こうやって好きな時に返せと言ったほうが互いに気が楽というものだ。

「がははは、なかなかいい関係じゃねぇか。結婚する時が来たら、真っ先に教えてくれよ」

「な……ち、違います！　そういう感じの関係ではないんです！　違いますから～！」

ニナは顔を熟《う》れたリンゴのように真っ赤にすると、ドルトンにそう言った。

ああ、そういやニナって恋愛の話には過剰《かじょう》に反応するんだったな。

若者っぽくていいなって思うけど、流石にちょっとかわいそうだ。

「ドルトンさん。ニナは恋愛の話には過剰に反応するから、こういう話はあまり振らないほうがいいよ」

俺はドルトンにそう忠告し、場を収めることにした。

だが、ドルトンは『え？　なんでそういうこと言うの？』とでも言いたげな顔をすると、俺に近づいてきた。

「俺が言うのもあれだけどさぁ……お前さんはもうちょい女心っつーもんを学んだほうがいいぜ。平然とそんなことを言うのは、流石にねぇな」

ドルトンは、俺にしか聞こえない小声でそんなことを言う。

いや、女心学べって……え？　あのフォロー間違っていたのか？

う～ん……やっぱ人の心って難しいな。

ここに来て、長らく人と接していない弊害《へいがい》が出てきたのかもしれない。

いや、前から出てた気もするけど……まあ、今考えても仕方ないか。

「あ～……ニナに謝ったほうがいいかな？」

「いや、やめとけ。幸いなことに、さっきお前さんが言った言葉は聞こえてなかったっぽいからな。ひとまずは、いつも通りに接しな」

「あ、ああ。わかった」

とりあえず、大丈夫みたいだ。

「よし。それじゃ、話は以上だ。レイン！　好きな時に来いよ。いつでも歓迎するぜ」

ドルトンは声を元の大きさに戻すと、そう言った。

「わかった。また来るよ」

次来るのがいつになるかはわからないが、互いにこの先の人生も長いし、また会うだろう。

「ニナ、行くよ……ニナ？」

「……あ！　え、えっと……さ、さっきのはそういう意味じゃなくて……あの……その……」

どうやらニナはまだ、恋愛話によるパニックに陥っているようだ。

「えっと……落ち着いてくれ」

俺は思わず、ニナの頭に手を置いた。そして、優しく撫でる。

「はぇ…？」

そんな気の抜けた声と共に、ニナの動きが止まった。

「落ち着いたか？」

「う、うん。その……ありがと」

ニナは目をパチクリとさせると、そう言った。

よかった。落ち着いてくれたみたいだ。にしても、なんで俺はここで咄嗟に《鎮魂《ちんこん》》を使わなかったのだろうか……？

う～ん……わからん。ただ、何故だか気分はいい。

「まあ、いいか。じゃ、行くよ」

そう言って、俺はニナの頭から手を離した。

「うん。わかった」

ニナは頷くと、自分の頭をポンポンと触る。

そして、俺のあとに続いて歩き出した。

◇　◇　◇

レインとニナがドルトン工房に入る少し前。

王都周辺の森の中で、二人の冒険者が魔物と戦っていた。

「ちっ、なんか魔物多くねぇか？」

剣士の男性は剣を横なぎに振って、ゴブリン二体の首をまとめて掻《か》き切ると、そう言った。

「何かから逃げているような感じがする。もしかしたら、森の奥に強い魔物が出現したのかもしれない」

魔法師の男性は杖を構え、無数の《氷矢《アイスアロー》》を放ち、五匹のフォレストウルフを仕留《しと》める。

「原因を見に行ったほうがいいと思うか？」

「そうだな。倒せそうなら倒すが、少しでも無理だと思ったらすぐに引くぞ……ん？　何か来てる……」

「来てるな。なんだ？　あのオークの群れは」

二人の前方に現れたのは、漆黒《しっこく》の大剣を持つ五体の黒いオークだ。禍々《まがまが》しいオーラを放っており、異質な雰囲気を感じる。

「とりあえず、様子見でここから魔法を放ってくれないか？」

「ああ。そうする……ん？　待て。あれは……⁉　マズい！　あれ、ギルドの掲示板に出てた邪龍の加護を持った魔物ってやつだ！」

魔法師の男性は目を見開くと、声を上げた。

数日前から、冒険者ギルドの掲示板には『禍々しいオーラを放つ黒い魔物が出たら、真っ先に報告しろ』と書かれた紙が貼《は》ってあったのだ。

そして、その言葉で剣士の男性も気がつく。

「……ああ、そういや書いてあったな。なら、急いで報告しに行くぞ！」

「ああ。俺は逃げながら魔法を撃つ。お前は地面を」

「了解」

剣士の男性がそう言った直後、五体のオークが二人に気づき、走り出した。

だが、二人は動じない。動揺することは死につながるとわかっているからだ。

「行くぞ！　《氷槍《アイスランス》》！　《氷槍《アイスランス》》！　《氷槍《アイスランス》》！」

魔法師の男性は、《氷槍《アイスランス》》を撃ち続けながら、剣士の男性と共に走り出した。

「《泥化《マッドダウン》》！」

剣士の男性は地面を泥にすることで、更に時間を稼ぐ。

そして、オークが通れないような木々の隙間を走り抜け、なんとか撒《ま》くことに成功した。

それから程なくして、王都に入った二人は、走って冒険者ギルドへと向かう。

そして、冒険者ギルドにたどり着くと勢いよく扉を開け、声を上げた。

「おい！　ギルドマスター案件だ。例の邪龍の加護を持った魔物が南門から出て少しした場所に現れた！」

すると、近くから「そっちもか！」と声が聞こえてきた。

どうやら、この二人の冒険者以外にも、邪龍の加護を持つ魔物を見た冒険者がいるようだ。

しばらくして、奥の部屋から出てきたギルドマスターのシンが口を開く。

「衛兵隊《えいへいたい》からも、百体以上の黒い魔物が現れたという報告が来た！　強制依頼を出す。戦闘補助はDランク以下の冒険者、直接戦闘はCランク以上の冒険者に頼みたい。では皆さん、至急南門と東門へ向かってください！」

シンの言葉により、この場にいた全ての冒険者が動き出した。


そして、同時刻。

「冒険者は対応が早いですねぇ。もう動き出しましたか」

暗殺者ヘルは建物の陰から、せわしなく動く冒険者を見て、口を開く。

「……では、そろそろ私も動くとしましょう。国王を、殺すために」

ヘルは不敵な笑みを浮かべると、王城に向かって歩き出すのであった。

◇　◇　◇

「やることはやったし、これでダンジョンに入れるな」

「そうね。王都のダンジョンは、レベル上げのためにそこそこ深い階層まで行ったことがあるから、道を間違える心配もないわ。だから安心して」

ニナはついさっきまで俺の肩に乗っていたシュガーを胸に抱きかかえながらそう言う。

さっきニナと一緒にドルトン工房を出たのだが、唐突にシュガーを取られたんだよね。

ニナ曰《いわ》く、「抱きしめたかったから」とのことだが、何故今なんだ……？

「ふぅ……ん？」

冒険者ギルドの前を通りかかった瞬間、凄い勢いでギルドに入る二人組の冒険者が目に入った。

何かあったのか？　と思っているとギルドの中から声が聞こえた。

「おい！　ギルドマスター案件だ。例の邪龍の加護を持った魔物が南門から出て少しした場所に現れた！」

その言葉を聞いて、俺とニナに動揺が走る。

まさかここで邪龍の名を聞くことになるとはね……

「ニナ。ダンジョンどころではなさそうだ」

「そうね。行きましょう」

今、何が起きているのかを詳しく知るべく、俺たちは冒険者ギルドの中に入った。

冒険者ギルドの中は、前来た時と比べると、大分騒がしい。焦りを帯《お》びた声も聞こえる。

すると、受付の奥から冒険者ギルドのギルドマスター、シンが出てきた。

硬い表情を見せるシンは、辺りをぐるりと見回してから、口を開く。

「衛兵隊からも、百体以上の黒い魔物が現れたという報告が来た！　強制依頼を出す。戦闘補助はDランク以下の冒険者、直接戦闘はCランク以上の冒険者に頼みたい。では皆さん、至急南門と東門へ向かってください！」

シンの言葉で、冒険者たちは一斉に動き出した。

冒険者はこういう緊急の際は、王国の騎士団や魔法師団と違って、命令を受けずとも自由に動ける。

王国の騎士や魔法師が準備をして出てくるのを待っていたら、街に魔物が入ってきてしまうため、まずは街中にいる冒険者や衛兵で対応するのだ。

「強制依頼か。まあ、強制だろうがなかろうが、やつらがいたらダンジョン探索の邪魔だから、どっちにしろ潰しに行くけどな」

強制という言葉は自由を望む俺からしてみればあまり聞きたくない。

だけど、今回は出ないわけにはいかないため、迷わず行くことを決めた。

「そうね。私も、生まれ育った王都のために戦うわ」

ニナはぐっと手を握ると、そう言った。

こうして俺たちは、邪龍の加護を持った魔物と戦うべく、動き出すのであった。

「……で、南門と東門に行けって言われたけど、どっちに行く？」

「そうね……向かっている人を見るに、若干南門に行く人のほうが少ないわね。だから、南門に行くわ」

俺の問いに、ニナは辺りをキョロキョロと見回してから、そう言った。

「なるほどな……」

自身の安全を考えるのなら、人数が多いほうに行けばいい。

なのに、ここで自分のことではなく、王都のことを思って、人数が少ないほうへ行く。

口で言うのは容易いが、実際にできる人はあまり多くないと思う。

「じゃ、行くか」

「ええ」

俺とニナは頷き合うと、南門へと向かって走り出した。

う～ん……超集中して感知してみるとやばいね。

王都周辺にある森全域から邪龍の加護を持った魔物が向かってきている。

数は……俺がメグジスで処理したやつらのほぼ二倍だ。

ただ、ここは王都。メグジスと比べると、戦力は圧倒的に集まっている。

苦戦はすると思うが、俺が手を貸さなくてもなんとかなるだろう。

死者は……まあ、今回ばかりは仕方ないな。

別に全員助けたいだなんて思っていないし。

「今回はちゃんと守るから」

俺は前を走るニナを見ると、そう呟いた。

少し走り、南門へとたどり着いた俺たちは、そこで衛兵隊と合流した。

そのあと、冒険者が集まったところで、衛兵隊の中から一人の男性が出てきた。

あ、見たことあるな。名前は確か……ああ、バルザックだ。

ムスタン王国衛兵隊統括《おうこくえいへいたいとうかつ》っていうかなりのお偉いさんだよ。

「俺の名前はバルザック・フォン・オリオン！　ムスタン王国衛兵隊統括だ。シン殿と相談の上、ここは俺が指揮をする。故に、冒険者も俺の命令に従ってくれ！」

バルザックは大声で叫び、指示を伝える。

「ただ、衛兵隊と冒険者では戦い方が違う。故に、冒険者たちに普段と違う動きをしろとは言わない！　衛兵隊との連携《れんけい》を気にする必要はあまりない。ただ、俺が城壁の上から魔物の数、位置、押されている場所を言うから、それだけはちゃんと聞いてくれ！」

バルザックは冒険者のことをちゃんと理解しているな。

冒険者は二人から五人ほどの少人数での連携が上手い。

逆に衛兵は、十人以上の大人数での連携が上手い。

そのことを考慮《こうりょ》すれば、さっきのバルザックの指示はこの状況では最適解だろう。

ちなみに、東門も冒険者と衛兵隊で守るらしい。

だったら東門は衛兵隊だけ、南門は冒険者だけにすればいいじゃんって思ったが、東門付近にいる衛兵隊をわざわざこっちへ向かわせる時間はない。

逆にこの付近にいた冒険者を東門へ向かわせる時間もないということに気づき、その考えはかき消した。

「衛兵はここから見て右側を、冒険者はここから見て左側を頼む。では、行け！」

バルザックの合図と共に、全員が一斉に動き出した。

「ニナ！　城門の上から魔法を撃つか、外で戦うか。どっちにする？」

「気配からして、まだ距離があるわ。ここは、城門の外で戦いましょ。接近されたら、レインにお願いするわ！」

「了解」

こうして方針を決めた俺たちも、城門の外へ飛び出した。

そして、周囲を確認しながら、位置につく。

「……そろそろやつらの先頭が森から出てくるな」

やつらが森から出て来た瞬間、大混戦となる。

ああ、念のため準備をしておかないと。

俺は肩に乗るソルトに《念話《ねんわ》》を使って話しかけた。

『ソルト。リックを常に見張っててくれ。そして、本当に危ないと思った時は助けてあげてくれ。もちろんバレないようにな』

そう伝え、俺はソルトに《認識阻害《にんしきそがい》》を付与したローブを被せた。

ニナの家は南門よりは東門に近い。戦いに参加しているかは不明だが、危険には晒《さら》したくない。

『わかった！　ご主人様！』

ソルトは元気よく返事をすると、リックがいるであろう東門方面へと向かって走り出した。

ソルトは狼だから鼻がいい。

だから、リックを見つけるのは容易だろう。

「ふぅ。これでよし」

これでリックは死なないはず。リックも死なせたくないからね。

今度はニナに抱きかかえられているシュガーに《念話《ねんわ》》で話しかける。

『シュガー。基本的にニナは俺が見ているが、万が一はある。その時はニナを守ってくれ。目立たないようにな』

『わかりました。マスター』

シュガーも俺の言葉に頷いてくれた。

よし。これで大丈夫だ。

さて、そろそろ始まるな。

俺は息を吐くと、森から出てきた黒い魔物に視線を向けた。

「はあ！」

「《火槍《ファイアランス》》！」

「《氷槍《アイスランス》》！」

「《火炎弾《フレイムバレット》》！」

森から出て来た黒い魔物に対して、弓使いの人は矢を、魔法が使える人は魔法を放つ。

「ガアアアアア！」

先頭にいた黒いオーク、ミノタウロス、フォレストコングたちが苦悶《くもん》の声を上げた。

魔物たちは、数の暴力とも言える猛攻《もうこう》によって大きな傷を負い、中には死んだやつもいる。

「グガアアアア！」

だが、更にその後ろから出てきた黒い魔物たちは《風壁《ふうへき》》や《水圧壁《ハイドロウォール》》といった防御魔法で冒険者たちの攻撃を防いだ。

ただ、完璧には防げておらず、そこそこのダメージは受けているようだ。

「グガ！」

「グガァ！」

「グガガァ！」

数体の黒い魔物が一斉に《風斬《ふうざん》》を放ってきた。

しかし、この攻撃は射程《しゃてい》が足りず、誰にも当たることはなかった。

「まだ力に慣れてはいない……か。《炎槍《フレアランス》》！」

そう呟くと、俺は魔法を撃った。

やつらはまだ、邪龍の加護によって授《さず》けられた力に慣れていない。

どれがどんな魔法なのかをあまり理解しておらず、手当たり次第に使って、確かめているように
も見える。

「早期決着できるか否《いな》かが、勝敗を分けそうだ」

この調子では、二時間もすれば力に慣れることだろう。そうなると、一気に厳しくなるな。

「はあああ！」

魔物の様子を見ていけると思ったのか、一部の冒険者が走り出した。

剣士や槍術士《そうじゅつし》は接近しないと、十分に戦えないからね。

「グアアアア！」

そんな冒険者たちに対し、黒いミノタウロスは漆黒の棍棒《こんぼう》を振り上げ、叩きつけた。

「はっ、はあっ！」

冒険者はその大きな一撃を横に逸れて躱《かわ》し、そのあと隙を狙って腕に斬《き》りかかった。

「グアアアア！」

黒いミノタウロスは、苦痛の咆哮《ほうこう》を上げる。

おー、思ってたよりもずっと順調だ。ここに国の騎士団と魔法師団が加われば、更に有利になる

だろう。

だが、俺は知らなかった。

人の血肉のみを求めるようになった魔物の、本当の恐ろしさを――

「グアァァ！」

黒いミノタウロスは、片腕を失い体中ボロボロになっても、止まらなかった。

「グガアアアア！」

ザン！　ザン！　ザン！　ザン！　ザン！　ザン！

それどころか、とどめの一撃をくらい絶命する寸前に、残る魔力を全て使って《風槍《ウインドランス》》をアホみたいに撃ちやがった。

不意の攻撃だったこともあり、前線にいた冒険者に怪我人が多数出た。死んだ人もいそうだ。

「グガアアア！」

そして、今の魔法に倣うようにして、その近くにいた数体の黒い魔物が、後先顧《かえり》みずに全ての魔力を使って魔法を放ち始める。

「ちっ、《氷槍《アイスランス》》！」

俺は咄嗟に《氷槍《アイスランス》》を数本撃って、被害を抑えた。

「今みたいに、魔法を撃たれ続けたら厳しいわね」

少し前に出ていたニナは俺のところまで下がると、困ったようにそう言った。

「そうだな。しかも、やつらは武器を持ってるから、魔力を使い切っても、普通に戦えるんだよ」

倒しても倒しても森の奥からわらわらと出てくる黒い魔物を見ながら、俺は見解を述べる。

「とりあえず、今は攻撃し続けて、魔法を使う隙をなるべく与えないようにしないと。《炎槍《フレアランス》》！」

ニナはそう言うと、やつらに向かってたくさん《炎槍《フレアランス》》を撃ち込んだ。

「あ、魔力切れ……魔力回復薬《まりょくかいふくやく》！」

ニナがそう叫ぶ。

すると後方にいた、戦闘補助を任された冒険者が、ニナに魔力回復薬が入った小瓶《こびん》を四本渡す。

ニナはそれらを受け取り、一気飲みすると、空瓶を冒険者に返した。

「ふぅ。これでよし。効果が高い手持ちのやつは、まだ使う時じゃないからね」

ニナは顔を少し歪《ゆが》めながらそう言って、再び魔法を放つ。

ああ、そういや魔力回復薬は苦いって言ってたな。

「……そろそろ俺も突撃したほうがいいかな？」

剣を腰に下げているのに突撃しないせいで、さっきから何人かチラチラ見てくるやつがいるんだよね。

そういう目で見られるのは、嫌なんだよな～。

というわけで前に出よう。

「はっ！」

俺は地面を蹴《け》ると、前線に向かって走り出した。

「はあっ！」

そして、若干冒険者側が押されているところに行き、黒い魔物を斬って傷を負わせる。

「ありがとな！」

戦っていた男性は短く礼を言うと、槍で黒い魔物を刺突《しとつ》して、とどめを刺した。

「よし……ん？」

少し離れた場所に、ただのゴブリンが姿を現した。

何しに来たんだ……？

疑問に思っていると、ゴブリンは死んだ黒いオークの胸に噛みついて、穴を開けた。

そして、そこに手を思いっきり突っ込み、引き抜く。

ゴブリンの手には漆黒の石が握られていた。

「あ、忘れてた。《氷槍《アイスランス》》！」

俺は即座にゴブリンに向かって《氷槍《アイスランス》》を撃ち、仕留めた。

そのあと、続けざまに《氷矢《アイスアロー》》を撃ち、漆黒の石を——邪龍の石を破壊する。

「ちっ、厄介な性質があるんだったな。あれには」

俺は思わず、そう悪態をつく。

魔物に邪龍の加護を与えるもの——それが邪龍の石だ。

そして邪龍の石には、近くにいる魔物を誘導する力がある。

つまり、さっきみたいに死体をそのままにしていたら、森から魔物が引き寄せられ、邪龍の石を取り込んで、邪龍の加護を得てしまうのだ。

「厄介だが……まあ、彼らが来たなら流石に大丈夫か」

そう言って、俺は後ろを振り返る。

後方にある城門――その下に、剣を腰に差した騎士と、杖を持つ黒いローブを着た魔法師の集団がいたのだ。

そして、その先頭にはひときわ強そうな騎士がいる。

気になったからちょっと《鑑定《かんてい》》してみようと。


【グライ・フォン・ルクスベルク】
・年齢：61歳　・性別：男
・天職：剣王《けんおう》　・種族：人間　・レベル：918
・状態：老化《ろうか》

〈身体能力〉
・体力：71200／71200　・魔力：625000／625000
・攻撃：77100　・防護：72200　・俊敏：75300

〈パッシブスキル〉
・斬撃耐性《ざんげきたいせい》：レベル5

（アクティブスキル）
・剣術《けんじゅつ》：レベル7　・身体強化《しんたいきょうか》：レベル7　・剣神化：レベル4
・体術《たいじゅつ》：レベル6

（称号）
・ムスタン王国《おうこく》騎《き》士《し》団長《だんちょう》　・努力家《どりょくか》

わお。マジで強いな。

レベル９００超えかよ。しかも、この国の騎士団長で、天職が剣王とはね……

「魔法師団は広がれ！　騎士は儂《わし》についてこい！」

騎士団長――グライは剣を天に掲げてそう叫ぶと、こっちに向かって走り出した。

「威勢いいな。流石は国の騎士団ってところか」

恐怖？　何それ美味しいの？　って感じで、襲い掛かってくる黒い魔物に対しては意味ないみたいだが、これがもし普通の魔物とかだったら、グライの威勢と強さに怯《ひる》んだかもしれない。

相手が人だったら、ビビッて逃げ出すんじゃないか？

だって、先頭にめっちゃ元気な、レベル９００超えの騎士団長がいるんだもん。

「はあああ！」

グライは老いを感じさせない覇気《はき》を纏い、黒い魔物を大剣《たいけん》で一刀両断した。

更に、続けざまに横なぎに大剣を振り、もう一体に致命傷を与える。

「あ～……ちょっと引くか」

俺はその戦いっぷりを見てそう呟く。

背後の城門から、続々と騎士団の人たちが出てきている。

騎士団には騎士団の戦い方があるだろうし、ここは邪魔にならないよう、一旦引くとしよう。

そう思い、俺は横へ逸れた。

直後、城壁の上からバルザックの叫び声が聞こえてくる。

「こっから見て左、五十メートル程離れたところからも来てる！　手の空《あ》いている冒険者は行け！」

左を見てみると、確かに黒い魔物が森から出てきている。

今は一応手が空いてるし、行ってみるか。

ニナから離れちゃうけど、シュガーがいるから大丈夫だろう。

そう思い、俺は走り出した。

俺以外にも、十人ほどの冒険者が向かっている。

「《氷槍《アイスランス》》！」

ある程度近づいてきたところで、俺は《氷槍《アイスランス》》をいくつか撃って、黒いミノタウロスにダメージを与える。そして、僅《わず》かに怯んでいる隙に接近し、胸を斬り裂いた。

「はあっ！」

「やあ！」

周りの冒険者も、少し苦戦するぐらいで、問題なく撃破できている。

まあ、黒い魔物たちの動きは凄くお粗末《そまつ》だから、接近戦に持ちこめば意外となんとかなるんだよね。

ただ、魔法を撃たれると結構厄介。

「グアアア！」

倒れた黒い魔物の後ろから出てきたやつらは、俺たちに向かって《風絶斬《ふうぜつざん》》や《氷槍《アイスランス》》、《炎槍《フレアランス》》を放ってきた。

数が多く、対処できていない冒険者もたくさんいる。

一方俺はというと、飛んでくる魔法をダークで斬ったお陰で、当たることはなかった。

氷はともかく、風と火を斬るってどゆこと？　ってなると思うが、別に難しいことじゃない。

魔法に込められた魔力をダークに流し込めば、簡単に消せるのだ。

これは、消したい魔法の魔力を吸収できるくらい魔力伝導性の高い武器、つまりはダークだから成《な》せる業《わざ》だ。

ただ、まあ、今みたいな放出系の魔法限定なんだよね。《空間切断《スペーショナル・スラッシュ》》とか空間系の魔法は防げない。

「あ～、いってぇな」

怪我をした冒険者たちは即座に回復薬を取り出すと、それを傷口にかけて傷を癒した。

そして、傷が治ったことを確認し、すぐに立ち上がる。

「……残り半分は切ったか」

この周辺に元々いた黒い魔物の数はおよそ百体。

だが、今は五十体弱しかいない。

城門付近で騎士団長のグライが暴れていることが、数が減った一番の要因だと思う。

そして、グライの陰に隠れてそこまで目立っていないが、騎士たちと魔法師たちの活躍も凄い。

魔法師団が放つ魔法でダメージを与え、騎士団が確実に仕留める。いい連係だ。

これなら、やつらが力に慣れる前に全滅させることができるだろう。

「よし。いける。《氷槍《アイスランス》》！」

俺は再び《氷槍《アイスランス》》を何本か撃って、森の奥から出てくる黒い魔物にダメージを与える。

そして、そこに冒険者たちが突っ込んで、多少の怪我を負いつつも撃破した。

俺は死んだ黒い魔物に《氷矢《アイスアロー》》を撃って、体内にある邪龍の石を破壊する。

これで、こっちは片づいたな。

見てみると、城門の近くでも戦いが終わりへと向かっているようだ。

騎士団の中では、邪龍の石を壊さないとまた別の魔物が取り込んでしまう、という情報が回っているようで、ちゃんと黒い魔物の死体に剣を突き刺して、邪龍の石を破壊している。

「うおおお！」

グライは勢いのある太刀筋《たちすじ》で、黒い魔物をどんどん葬《ほうむ》っていく。

あのじいさん凄ぇな。いい歳してかなりアグレッシブに戦っている。

……あ、更に年上の俺が言えたことじゃないわ。

「グガアアア！」

黒い魔物たちは一斉に魔法を放って、抵抗する。

それによりこちらにかなりの被害が出てしまうが、それでも止まることなく戦い続け、黒い魔物の数を減らしていった。

黒い魔物たちが人間絶対ぶっ殺すマンになっているお陰で、逃がしてしまう心配もない。

そうして、戦闘開始から僅か一時間弱で、南門側の黒い魔物が——全滅した。

「よし。儂《わし》らの勝ちだ！」

グライは大剣を天に掲げると、そう声を上げた。

グライのあとに続くようにして、周囲の人たちも勝鬨《かちどき》を上げる。

「魔法師団は負傷者の手当てをしろ！　重傷者を最優先でな！　その他の動ける者は魔物の死体処理を！」

城壁の上にいるバルザックが大きな声でそう叫んだ。

「んー、面倒くさいな」

そんなことをぼやきつつも、俺は言われた通り、魔物の死体処理を始めた。

オーク肉は、本来は食材として使える。だが、邪龍の加護という得体のしれない力を身に宿《やど》していたせいで、研究用の一部を除いて、全て処理しなくてはならない。魔石も処理の対象だ。

何か所かに死体を集めてから、《獄炎《ごくえん》》などの上位の火属性魔法を使える人が、灰にしていく。

そんな最中、焦ったような表情でグライのもとへ向かうバルザックが目に入った。

何かあったのだろうか？

「グライ殿。王城で緊急事態が起きた。至急私と共に王城へ来てくれ」

「何かあっ……いや、わかった」

グライは頷くと、バルザックと共に走り出した。

「なんだ？」

気になるし、ちょっと見てみよう。機密情報だったとしても、悪用する気はさらさらないし。

そんな軽い気持ちで、俺は《記憶の観察者《メモリーオブザーバー》》を使って、バルザックの記憶を覗き見る。

そして――俺は目を見開き、唖然《あぜん》とした。

「……驚いた。流石にそれは、予想外だな……」

ぼそりと呟く。

いやはや、まさかそんなことが実際に起こるだなんて、思いもしなかったよ。

まさか国王が――賊《ぞく》に襲われて死ぬだなんて。

◇　◇　◇

私――ヘルは今、建物の陰に身を潜めながら、王城下に集まる騎士団と魔法師団を観察している。

こうしてみると、壮観ですねぇ。

ムスタン王国の国力は我が国には劣《おと》りますが、国直属《くにちょくぞく》の軍は強いと言っていいでしょう。

特に騎士団長と魔法師団長は、私ではどう足掻《あが》いても勝てる相手ではありません。

暗殺者らしく不意打ちすれば勝てるかもですが、その対策はしてそうですねぇ。

「儂の部隊は南門、シルビアの部隊は東門に向かえ！　さぁ、王都を襲う魔物どもを、儂らの誇りにかけて――そしてムスタン王国のために、絶対に討伐するぞー！」

「「「「おおおーーー！」」」」

騎士団長は声を上げて、士気を高める。

なんと言うか、暑苦しいですねぇ……

横にいる魔法師団長のシルビアさんなんか、耳を塞《ふさ》いじゃってますすよ。

「それはともかく……ふぅ。では、動きましょう。《気配隠蔽《けはいいんぺい》》《消音《しょうおん》》《魔力隠蔽《まりょくいんぺい》》」

こういう時に、気配を消してしれっと正面の門から入る。

これが意外と有効なのですよ。

あちらも、こんな時に暗殺者が来るだなんて思っていないでしょうからね。

騒がしい方々を尻目に、私は城門をくぐり、王城の敷地に入る。そして、そのまま何食わぬ顔で城内に侵入した。

城内も、少々騒がしいですねぇ。まあ、無理もない。

ダルトン帝国に大きな損害を与えた魔物たちの襲撃と同様の事態が起きているのだから。

まあ、あちらは辺境だったせいで対処が遅れ、魔物たちが邪龍の加護の力に慣れてしまったことが、被害が大きくなった原因なんですけどねぇ。

なので言ってしまえば、これにより王都が壊滅するなんてことはありえないのです。まあ、言うつもりはありませんけどねぇ。

さて、国王は協力者からの報告によると三階にある執務室にいるとのことです。まだまだ遠いですねぇ。

とりあえず、二階まではこのまま行きましょう。

私は階段を見つけると、早歩きで二階まで上がりました。

ただ、ここからは気をつけないといけません。この上には高レベルの《気配察知《けはいさっち》》を持つ人が何人もいるせいで、うかつには近寄れないのです。

でも、特に小細工せずに行きます。私の速度をもってすれば、気づかれて、対処されるより先に、国王のところへたどり着くことができます。

「では——はっ」

私は全速力で上へと向かいました。

この感じ、違和感を捉えられたようですねぇ。ですが、バレても私は気にせず足を動かし続けます。

そして、ようやく執務室が見えてきました。

執務室の中に白騎士の気配がすることから、そこに国王がいるのは確定です。

「ふぅ――はあっ！」

私は息を吐くと、執務室の扉――ではなく、その横の壁をヒヒイロカネの短剣二本で破壊して、中に入ります。

こういった扉には何か仕掛けが施されていることがありますからねぇ。

用心するに越したことはありません。

それに、扉のほうが強度が高い傾向にあるんですよねぇ。

「はっ、はっ」

中に入った私はあえて《気配隠蔽《けはいいんぺい》》を解除すると、白騎士めがけてヒュドラの毒が入った小瓶を投げつけました。

当たれば、どれだけ強かろうと必ず死にます。

まあ、白騎士ともあろうものが無様《ぶざま》に当たるわけないでしょうねぇ。

ですが、いい足止めにはなります。

その僅かな隙に、私は国王に接近すると、国王の首を切り落とした……と、思ったのですが、半透明の壁に阻まれてしまいました。驚くほど頑丈ですねぇ。

まあ、これは想定内です。

私はすかさず別の方向からもう一本の短剣を突き刺しました。

すると、防壁はパリンと音を立てて消えてしまったのでした。

こういう類いの防壁は、二点から強い力を加えると割れやすいんですよねぇ。

「……む⁉」

いきなり、私の第六感が警鐘《けいしょう》を鳴らしました。白騎士から、距離を取れと。

私は毒を塗った針をこっそりと国王へ投げると、同時に大きく後ろへ引きました。

その直後──

ザン！

「な……」

違和感が私の右腕の付け根を襲ったかと思えば、いきなり右腕が宙を舞いました。

一体、何が起こったというのでしょうか……？

ですが、ここで唖然としている暇はありません。国王はまだ死んでいません。その証拠に、小さく唸り声を上げているのですから。

私は《気配隠蔽《けはいいんぺい》》を使い、白騎士の追撃を躱しました。

その隙に私は再度国王に近づくと、痛みで床に倒れ伏す国王にトドメを刺しました。

これで、回復される心配もありません。

「では、逃げましょう」

目的を達成した私は、懐から魔法陣が刻まれた魔石を取り出すと、そこに魔力を込めます。

その直後、私は王都の外に立っていました。

「……危なかったですねぇ」

私はそう呟き、安堵の息を吐きます。

手に握っていた魔石はパリンと割れてしまいました。

「一回限りの使い捨て転移魔法。教皇様《きょうこうさま》からいただいた貴重な魔道具だったので、できれば使いたくはなかったんですよねぇ」

この作戦を企てた張本人である、バーレン教国の教皇様に、万が一の時のためにといただいた魔道具。

死ぬまで使うことはないだろうと思ってましたが、とうとう使ってしまいましたか……

「それにしても、片腕を犠牲に国王殺し……ですか。できれば五体満足で成し遂げたかったのですが、まあそう上手くいくわけがないですよねぇ」

身体の欠損《けっそん》を治すことはできません。ですが、後悔はありませんねぇ。

だって、私の夢を叶えられたのですから――

「では、国に帰りましょう」

そう呟き、私はバーレン教国へ向かって走り出しました。

あとは、協力者がどう動くのか見ものですねぇ。

私はそう思い、笑みを浮かべました。

◇　◇　◇

国王暗殺から一時間後。

「ぐ……お前。何故こんなことを……」

王城の一室で倒れながら、男性はそう言った。

この男性の名前はエルメス・フォン・レオランド・ムスタン。ムスタン王国第一王子《おうこくだいいちおうじ》だ。

エルメスは立ち上がろうとするが、足を斬られているせいで立ち上がれない。

「何故って？　そりゃ兄上が父上に暗殺者を差し向けて殺したからに決まってるだろ？　知らないとは言わせないぜ」

エルメスを見下ろしながらそう言うこの男性の名前は、ゼロス・フォン・レオランド・ムスタン。この国の第二王子《だいにおうじ》だ。

「な……ど、どういうことだ！」

エルメスは、ゼロスがいきなり父を――グレリオスを殺したのが自分だと決めつけてきたことに戸惑う。

「父上を殺したとはどういう……は！　まさかお前、父上を殺したのか！」

エルメスはゼロスがその罪を自分に擦《なす》り付《つ》けようとしているのだと察し、声を上げる。

「兄上。残念です。まさか父上を殺すだけでは飽き足らず、俺に父親殺しの汚名を着せようとするなんて……父上を殺したのも、早く王位について、好き勝手したいと思ったからだろう？　なんてひどいことを考えるのだ。早く俺が、正義の名のもとに兄上を処罰しなければ。さあ、地下牢《ちかろう》へと連れていけ！」

芝居めいたゼロスの言葉を聞いて、側で控えていた騎士が動いた。

そして、エルメスを拘束する。

「おま——ぐっ」

エルメスは叫び声を上げようとするも、口に布を押し込まれ、声が出せなかった。

「後日、裁判を行う。罪を償《つぐな》えよ。兄上」

そんなエルメスを前に、ゼロスはニヤリと笑うと、そう言った。

「さて、あとは兄上に加担した宰相のトールも捕らえるぞ！」

ゼロスはそう言って、騎士と共にトールのところへ向かうのであった。


それから数十分後。

「これで此度《こたび》の国王暗殺事件の首謀者《しゅぼうしゃ》は捕縛《ほばく》できたな」

王城の地下で、ゼロスは満足げにそう言った。

ゼロスの前には重犯罪者を入れる独房がいくつかあり、そこにトールとエルメスが入れられている。

二人の手足には頑丈な枷がつけられており、そこから動くことはできない。

「ゼロス！　今すぐこのようなことはやめろ！　身を亡ぼすだけだ！」

「エルメス様のおっしゃる通り。卑劣な方法で手に入れた王位など、すぐに崩れる。それは、歴史が証明している！」

エルメスとトールは怒りをあらわにしながら、そう叫ぶ。

ゼロスはそんな二人を見て、薄ら笑いを浮かべると、口を開いた。

「あ～あ。まだこんな虚言《きょげん》を吐いてる。罪人の言葉を真に受ける王がいると思うか？　なあ、白騎士よ」

「「いえ、おりません」」

すると、ゼロスの側に控えている二人の騎士が頷いた。

国王の護衛を務める、白騎士である。

「くっ……白騎士！　常に父上の護衛をしていたそなたらならわかるだろう？　私と父上との仲――そしてゼロスと父上の仲を。それに、いずれ王位を継ぐことが確定している私が、父上を殺すだなんて、どう考えても不自然だ！」

エルメスは二人の白騎士に向かって声を上げる。

だが、二人から返ってきた言葉はエルメスの求める言葉ではなかった。

「エルメス様の言葉は聞き入れません。全て虚言です」

「エルメス様が前国王陛下を殺した。許さない」

白騎士たちは、不自然な様子でそう言った。

それにより、エルメスとトールは察する。

「まさかお前、白騎士に《洗脳《せんのう》》を使ったのか！」

「なんということを……ただ、どうやって？　彼らほどの実力者を《洗脳《せんのう》》スキルでどうにかできるはずがありません。たとえできたとしても、ここまで効果の強いものにはならないはず……」

エルメスとトールは口々に言った。

すると、ゼロスが笑い声を上げた。

「あはははっ。宰相ともあろう者がそんなこともわからないか。まあ、少しだけ教えてやるか。俺は、この二人が父上の亡骸《なきがら》を見て、絶望している時に、暗殺者の背後にエルメスとトールがいると、《洗脳《せんのう》》を使って教えたんだよ。用意した証拠と共にな。あとは……わかるだろ？」

白騎士ほどの実力者でも、そんなことをされたらかなわない。

《洗脳《せんのう》》は精神が不安定になっていればいるほど、その効果が大きくなる。

絶望的な事実を告げられたエルメスとトールは悔しそうな顔をすると、もっと前にゼロスの計画に気づいていればと後悔する。

「ああ、他の兄弟姉妹には手を出さないから安心しろ。流石にこれ以上家族が減ったら、国民から変な疑いをかけられる可能性があるからな。早く奴らに会って、このことを報告しなくてはならないし……ああ、いっそがしいなあ！」

ゼロスはそう言うと、笑いながら、白騎士と共に去って行くのであった。


「待たせたな」

ゼロスは地下から戻り、ある客室に入った。

白騎士たちは部屋の外に待たせている。

その客室には、やや緊迫した雰囲気でソファに座る二人の男女がいた。

一人は騎士団長、グライ。

もう一人は魔法師団長、シルビアだ。

二人はゼロスを見て、ソファから立ち上がると、頭を下げる。

「うむ。座ってくれ。では早速だが、此度《こたび》の事件の説明をしようと思う」

ゼロスはそう言って、二人をソファに座らせると、自身もソファに座った。

「実は、事件の首謀者《しゅぼうしゃ》はつい先ほど俺が直々《じきじき》に捕らえた。今は地下牢に入れている」

ゼロスの言葉に、グライとシルビアは目を見開く。

自分たちが黒い魔物を討伐しに行っている間に起きた事件が、もう解決しているというのだ。

一体どういうことなのだろうか……？

そんな二人の表情を見て、ゼロスは答える。

「驚くのも無理はない。事件の首謀者が早く捕まったのは、その者が二人とも王城内にいたからだ」

「そうなのですか……それで、首謀者とは一体誰なのでしょうか？　是非教えていただきたく存じます」

シルビアはゼロスにそう問いかけた。

すると、ゼロスはやや間を開けてから口を開く。

「それはな。宰相のトールと第一王子のエルメスだ」

「「な⁉」」

ゼロスの言葉に二人は驚愕し、声を上げた。

国の重鎮《じゅうちん》と次期国王。

そんな二人が事件の首謀者だなんて、誰が予想できるだろうか。

「信じられない気持ちもよくわかる。ただ、兄上の部屋から証拠《しょうこ》が出てきたんだ。そこに書かれていることが本当に正しいかを、精査《せいさ》してから捕縛《ほばく》しようとも思った。しかし、その間に何か行動を起こされたら取り返しのつかないことになる。今は詳しい調査と、他に加担した人がいないか調べているところだ」

ゼロスの淡々とした説明に、グライとシルビアは落ち着きを取り戻した。

そして、シルビアはゼロスに問いを投げかける。

「証拠が出てきたのはわかりました。ただ、何故エルメス様の部屋を調べたのですか？　国王陛下とエルメス様の仲を考えると、真っ先に疑う気にはなれないと思うのですが……何か気掛かりなことがあったのでしょうか？」

何故ゼロスがエルメスの部屋を捜索《そうさく》しようと思ったのか、疑問に思うのは自然なこと。

「ああ。といっても、これは本当に偶然なんだ。実は、今朝の兄上の様子が不自然だったんだ。兄弟だからこそわかる微《わず》かな変化だけどな。そして、そのあとすぐに父上が殺された。報告を聞いた時、俺は咄嗟に兄上のことを思い出して、まるで神に導かれるかのように部屋に行ったんだ。そして、見つけたというわけだ」

なんとも曖昧な答え――だが、シルビアは特に突っ込まない。

「そうなのですね。本当に奇跡のようなことですね……」

シルビアは何か考えるような仕草をすると、そんな言葉を漏らした。

「ああ。それで、そなたらにはこの証拠をもとに、他にも加担した人がいないか探してほしいんだ。首謀者は兄上とトールだったが、実際に暗殺を実行した人間は、捕らえられてないのでな」

ゼロスはそう言うと、持っていた資料をテーブルの上に置く。

「頼んだぞ。俺は情報統制をする。体制が整う前に国王が死んだことを他国に知られるのはマズいのでな。国民にも、事が済むまでこのことは伏せておこう」

「御意《ぎょい》」

「承知いたしました」

グライとシルビアはゼロスの言葉に再び頷く。

「では、何か進展があったら、些細《ささい》なことでも報告を頼む」

ゼロスは最後にそう言うと、客室を出ていった。そして、客室の外にいた白騎士と共に、王城の一階に向かうのであった。

ゼロスが客室を出て行ったあと、グライとシルビアも客室をあとにし、王城内の廊下を歩いていた。

二人は黙って廊下を歩いていたが、グライが意を決したように口を開いた。

「シルビア殿。部屋の外にいた白騎士の様子、少しおかしくなかったか？」

グライは硬い表情で、そう言う。

するとシルビアは、グライの言葉に一瞬目を見開くと、口を開いた。

「グライ、気づいていたのね。あの二人は洗脳されているわ。《洗脳《せんのう》》の魔力を感じた。誰がかけたのかわからないけど、状況からしてゼロス殿下と考えるのが妥当だわ」

「そうなのか……ただ、おかしくないか？　白騎士を洗脳するだなんて、とてもじゃないが現実的ではない」

洗脳は術者よりも圧倒的に弱い相手に使わないと、使ってもすぐに解除されてしまう。

そのため、ゼロスに限らず、白騎士を洗脳することは、普通ではありえないのだ。

「そこについては、私も確信を持って言えるわけではないけれど、恐らく白騎士の二人は国王が死んだことで、精神的に追いこまれていたのだと思う。精神状況によって、洗脳のしやすさは左右されるからね」

「そうか……ただ、これからどうする？　どうすればいいのか、儂にはわからないんだ」

そう言って、困ったように後ろ髪を掻くグライ。

一方シルビアは、子供を見るような目でグライを見ると、口を開いた。

「ん〜……ゼロス殿下に言われた通り、ここは証拠を集めましょう。でも、ゼロス殿下についてのね」

そして、シルビアはふふっと笑う。

「そうか。ただ、俺はそういったことには向いていないんだ」

「あ～、確かにグライは、武一辺倒《ぶいっぺんとう》ですからね。それでは……とりあえず、地下牢にいるエルメス殿下とトール殿を助ける方法を探ってくれないかしら？」

「わかった。城内の騎士たちをあたってみる」

こうして、二人は別々に動き出すのであった。

第四章　作業厨、第一王子に頼られる

魔物の死体処理を終えた俺たちは、冒険者ギルドに戻った。

ソルトはついさっき、リックのところから戻ってきた。ソルトの話を聞くに、リックはちょっと無茶をしてしまったみたいだ。

そのせいでそこそこの怪我を負い、今は治療待ちしているところらしい。

現場の回復術師《かいふくじゅつし》が治せる程度の怪我でよかった。まあ、それ以上の怪我を負いそうになったら、ソルトが助けに入ってただろうけど。

一方ニナはというと、魔法を使いすぎたことによる疲労で倒れはしたが、傷は一切負っていない。

うん。よかった。

皆無事だったことに安心していると、奥からシンが出てきた。

シンはパンパンと手を叩いてみんなの声を静め、口を開く。

「皆の活躍で、黒い魔物を殲滅することができた。ありがとう。報酬金はいつものように受付で受け取ってくれ。ああ、特に活躍した数人には追加の報酬金もあるよ。もちろん、隠れてな～んにもしてなかった人には報酬金はないからね」

シンがそう言った瞬間、明らかに動揺した人が何人かいた。

ああ、お前らサボってたんだな。まあ、自業自得だ。同情の余地はない。

俺は……まあ、Aランク冒険者に相応しい活躍はしたから大丈夫だと思う。

すると、いきなりニナに声をかけられた。

「レイン。急いでもっと前に行くわよ。もたもたしてたら、その分受付に人が並んじゃう！」

「そうじゃん。急がねぇと」

もし出遅れてしまったら、平気で三十分以上待つかもしれない。それは流石に面倒くさい。

そう思った俺はニナと共に少し前に出る。

「よし。それじゃ、ここで僕の話は終わりにしよう。最後にもう一度言おう。ありがとう」

シンがそう言って去った直後、周りの人間が一斉に動き出した。

「ニナ！　こっちだ！」

俺は人の波でニナと離れてしまわないように、ニナの右手を掴み、歩く。

そして、なんとか列の前のほうに並ぶことができた。ここなら、数分待つだけで済むだろう。

ほっと安堵の息をつき、俺はニナのほうを向いた。

あ、まだ手を繋いだままだったな。

そのことに気づき、俺はパッと手を離す。

「おっと。ごめん。握りっぱなしだったな」

すると、一瞬ニナが不服そうな顔になる。

「……むぅ。なんでそうなるの」

そしてニナは頬を膨《ふく》らませると、そんな言葉を口にした。

いや、むぅって……ニナってそんな声出せたのかよ。

なんか子供みたいで可愛いな。

そんなことを呑気《のんき》に思っていると、俺たちの番になった。

「さっきの緊急依頼の報酬金をもらいにきたわ」

ニナはそう言うと、冒険者カードを受付の女性に渡した。

俺も、《無限収納《インベントリ》》から冒険者カードを取り出し、ニナに続いて渡す。

「はい。ニナさんがAランク、レインさんもAランク……はい。確認できました。それでは、報酬金、小金貨二枚をお渡しします」

受付の女性は何かの書類を確認すると、冒険者カードを返すとともに、俺とニナにそれぞれ小金貨二枚を渡した。

周りを見て知ったことなのだが、この緊急依頼の報酬金は冒険者ランクに応じて変わるようだ。

俺とニナはAランク冒険者なので、報酬金も他の人と比べると高めだ。

「ありがとう」

俺は礼を言い、冒険者カードと小金貨二枚を受け取ると、《無限収納《インベントリ》》の中に入れた。

追加の報酬金はなかったみたいだけど……まあ、そう簡単にくれるわけもないか。

そう思いながら俺は受付から離れた。

「それで、今日はもう休むか？」

今日はダンジョンへ行く予定だったが、ニナのことを考えると、今から行くのはやめたほうがよさそうだ。

「そうね。全力で戦ったあとにダンジョンに行くのは勘弁ね。だから、今日は家でゆっくり休むわ」

「そうしたほうがいい。ああ、でも俺はちょっと王城の書庫に行ってくるつもりだ。だから、シュガーとソルトのことは任せた」

そう言うと、ニナは花が咲き誇ったかのような笑みを浮かべた。

「うん。二匹のことなら私に任せて！」

ニナは自信満々にそう言った。流石はシュガーとソルトのファンだ。面構えが違う。

「じゃ、シュガー、ソルト。ニナと一緒にいてくれ」

『はーい！』

『わかりました。マスター』

シュガーとソルトは元気よく頷くと、ニナの胸に跳び込んだ。

「ふふっ……可愛い」

ニナは二匹を優しく抱きしめ、笑みを浮かべた。なんだか幸せそうだ。

「それじゃ、行ってくるよ。夕食までには帰る」

俺はそう言って、冒険者ギルドの外に出た。そして、王城に向かって歩き出す。

「国王が何者かに襲われて死ぬっていうのは、内乱、戦争に発展する可能性があるからな。とりあえず、何が起きたのか詳しく調べないと」

王都で内乱や戦争が起こるのは、面倒なことこの上ない。俺がいる場所で争いとか、邪魔もいいところだ。

だからこそ、今すぐ全体像を把握し、今後どう動くのかを決めなくてはならない。

「ん～……でもこんな時に王城に入れてくれるかな？」

折角、登城許可証を持っているのだから、堂々と正面から入りたいところだが、こんな時にすんなりと通してくれる可能性は低い。

だったら……

「王城に忍び込んで、情報収集。うん。なんかいいな」

思わず厨二心《ちゅうにごころ》がくすぐられてしまう。

「まあ、万が一バレても記憶を消せばいいだけだしな」

そう言って、俺はニヤリと笑うと、《気配隠蔽《けはいいんぺい》》を使った。

更に、今着ている外套《がいとう》に《認識阻害《にんしきそがい》》を付与する。

これで、絶対に見つからない。

「さて――行くか」

大きな陰謀の匂いを感じながら、俺は歩を進めるのであった。

急いで移動し、俺は今、王城の前に来ている。

「ん～……見た感じ、まだ国王が死んだことをこいつらは知らないのか」

城下にいる騎士団、魔法師団を見て、俺はそう呟いた。

ここにいる人たちは皆、黒い魔物を全滅させた喜びを噛み締めている。

これはどこからどう見ても、国王が死んだことを知っている人には思えない。

こいつらに、手掛かりはなさそうだな。

「それじゃ、次は城内に入るか」

俺は《短距離転移《ショートワープ》》を使って、城内に入ってすぐの場所に転移した。

城内はというと、若干慌ただしい。ここには手掛かりがありそうだ。

まずは、ちょっと聞き耳を立ててみよう。

「エルメス様が国王陛下に暗殺者を差し向けたらしいよ」

「私もさっき聞いたわ。エルメス様のベッドの下から証拠が出てきたんだって。それで、それを見つけたのがゼロス様よ」

早速国王に暗殺者を差し向けた首謀者の名前が出てきた。

てか、証拠がベッドの下って……そこはエロ本の置き場所だって、古今東西《ここんとうざい》決まってるだろ。

なんでそこにそんな特大の爆弾が置いてあるんだよ。

「ただまあ、判明しているのなら、それで解決ってことでいいのか……？」

しかし、何か不自然だ。

国王に暗殺者を差し向けた人物が、こんなにも早く捕まるものなのか？

「そいつ、本物の首謀者によって罪を着せられた小物って感じがするな」

いたずらが先生にバレそうになった時に、気の弱い人を犯人に仕立て上げて、自分は逃げる。

そんな感じの匂いがプンプンする。

ああ、なんか急に、小学生の頃、理不尽な濡れ衣で先生に怒られたことを思い出しちゃった。

あのことを思い出すと、ムカついてくる。

……あ、やべっ。怒気が漏れてた。

そのせいで使用人たちがビクッと震えちゃってる。

うん。マジですまない。

そう心の中で謝っていると、見覚えのある人物が階段を下りて、こちらに向かってきた。

「……白騎士か」

国王の側で護衛していたレベル８００超えの騎士二人だ。近くに一人の若い男性もいる。

国王が死んだのだから、側で守っていたであろうこの二人も、死んでるか、かなりの重傷を負っているものなのかと思っていたが、見た感じ傷はなさそうだ。

ただ……

「あの二人、かなりタチの悪い精神操作を受けているみたいだな」

これは《暗示《あんじ》》や《洗脳《せんのう》》といったところか。

すぐに《鑑定《かんてい》》で二人の状態を見て答え合わせをしてみると、やはり《洗脳《せんのう》》にかかっていた。

そして、二人の精神に干渉したやつが、間にいる若い男性だということもわかった。

さて、こいつは何者なのか、《鑑定《かんてい》》で確認してみるとしよう。

【ゼロス・フォン・レオランド・ムスタン】

・年齢：20歳　・性別：男
・天職：弓術士《きゅうじゅつし》　・種族：人間　・レベル：112
・状態：健康

〈身体能力〉
・体力：8060／8060　・魔力：8200／8200
・攻撃：8130　・防護：7640　・俊敏：8630

〈魔法〉
・無属性：レベル4

〈パッシブスキル〉
・精神強化：レベル3　・毒耐性《どくたいせい》：レベル2

〈アクティブスキル〉

・弓術《きゅうじゅつ》：レベル4　・洗脳：レベル5　・体術レベル4

（称号）

・ムスタン王国第二王子　・中級弓術士《ちゅうきゅうきゅうじゅつし》　・恨《うら》む者《もの》

「もしかして第二王子のゼロスが国王に暗殺者を仕向けたのか？」

俺の予想が本当だとしたら、かなりやばいな。このままでは、とんでもない事件に発展しそうだ。

「とりあえず、記憶を見るか」

ゼロスの記憶を見れば、この事件の全貌《ぜんぼう》がわかるかもしれないと思った俺は、《記憶の観察者《メモリーオブザーバー》》を使った。

「……あ〜、マジかよ」

俺は深くため息を吐いた。

いや、首謀者が第二王子かもってなった時点でマズいと思ってたよ。

だけど、他にも厄介なのが紛《まぎ》れ込《こ》んでた。

今回の国王暗殺事件、神聖バーレン教国も関わっているっぽいんだよね。

王都に向かう途中、奴隷組織を潰した時にやたらと強い連中と戦ったけど、あいつバーレン教国の教皇って言っていたような。

「で、ゼロスに手を貸したのは……ファルス・クリスティン枢機卿《すうききょう》……ああ、あいつか」

王国の守りを突破した、ヘルっていう凄腕の暗殺者を差し向けたのが、こいつらしい。

こいつも奴隷組織を潰した時に会ったな。教皇と違って、ファルスは大したことなかった。

ちっ、あの時仕留めとくべきだったな。

お陰で王国史に残りそうな大事件に発展してるよ。

「こりゃ俺でも対処に苦労するだろうな。この国に義理はないし、さっさと別の国へおさらばするか……って、普通なら思うのだろうけど、バーレン教国はいけ好かないし、思惑は阻止したいなぁ」

俺は迷うことなく介入を決断した。

「ひとまず、地下牢に閉じ込められているであろうトールと、第一王子のエルメスのところに行ってみるか」

そう呟くと、俺はゼロスの記憶を頼りに地下牢へと向かって、歩き出すのであった。


「ん～、ここから入れるっぽいんだけど、やっぱり鍵かかってるか」

地下牢へ続く螺旋階段《らせんかいだん》へ行くための扉には、南京錠《なんきんじょう》がかかっている。

《念動《ねんどう》》を使って鍵を開けることはできるが、このドアが開いているところを誰かに見られたら面倒なので、別の方法にしよう。

「行くか。《短距離転移《ショートワープ》》」

俺は《短距離転移《ショートワープ》》を使い、ドアの向こう側に転移した。

視認したことがない場所への転移は不可能だが、ついさっきゼロスの記憶を見たお陰で、転移することができた。

「う～ん。結構深いな」

かなり下まで続く螺旋階段を見て、俺は呟く。

まあ、この先には犯罪者たちを収監している牢屋があるので、万が一逃げられてしまった時のことを考慮して、この深さにしているのだろう。

「それじゃ、行くか」

そう呟き、俺は螺旋階段を下り始めた。

螺旋階段には見張りが何人かいたが、スルーして、通り過ぎる。

倒そうかと一瞬思ったが、見張りは別に俺の敵ではないので、やめることにした。

そして、ようやく牢屋のある場所にたどり着く。

「わーお……」

そこには牢屋がいくつもあり、中には見るからに凶悪犯罪者っぽい人が捕らえられている。

牢屋の前には見張りが何人かおり、厳しい顔をしながら睨《にら》みを利かせていた。

うわ～、大変そうだなぁ。

この見張りたちに、お勤めご苦労様ですと思わず言いたくなる。

一応彼らの記憶を見てみたのだが、この人たちはゼロスがよからぬことを企んでいるのは知らないようだ。

そのあと、嫌な雰囲気が漂う牢屋の前を進むと、更に下へと続く螺旋階段があった。

「この下だな」

俺はそう呟き、再び螺旋階段を下り始めた。

それにしてもここは酸素が少ないな。換気はしてるっぽいけど、普通の人なら気分を悪くするだろう。

そんなことを考えながら、とうとう一番下まで来た。

そこには五つの牢屋があり、その内の二つに人が入っている。

片方がトール、片方がエルメスだ。

見張りは三人おり、椅子に座りながらぐで～んとしている。

「あ～、そろそろやるか～」

見張りの一人はそう言うと、風属性の魔法を使って、地上へと続く空気穴から空気を取り込む。

彼らの記憶も見てみたが、この人たちもゼロスの企みは知らないようだ。

「そんじゃ……悪いがあんたらは、眠っててくれ」

そう言うと、俺は一瞬で三人の首筋に手刀を叩き込んで、気絶させた。

「ふぅ……トールさん。昨日ぶりですね」

俺は《気配隠蔽《けはいいんぺい》》を解除し、更に外套に付与した《認識阻害《にんしきそがい》》を消すと、トールに声を掛けた。

「「な!?」」

いきなり見張りが倒れ、俺が現れたことに、トールとエルメスは目を見開いて唖然とする。

「レイン殿……何故ここに？」

トールは声を絞り出すようにそう言った。

「レイン？　あの時、父上に謁見していた冒険者か」

エルメスはトールの言葉に反応すると、思い出したように言う。

「ああ。それで、何故ここに来たか簡潔に説明すると、ゼロス第二王子に《洗脳《せんのう》》をかけられている白騎士を見つけて、なんやかんやで二人がここに幽閉されていることを突き止めたんだ」

俺はかなりざっくりと二人に説明した。

「そうですか、感謝いたします。ですが、レイン殿に一つ聞きたいことがあります。貴方《あなた》は、私たちの味方ですか？」

祈るような口調で、トールがそう問いかけてきた。

ここでいきなり助けてくださいと言うのではなく、俺がどの立場にいるのかを聞くのは、賢《かしこ》くていいと思う。

ここは正直に答えるとしよう。

「最初にこの事件を知った時は、面倒ごとが起こりそうな国にいたくないから、さっさと出国しようかなって思ってたんだ。ただ、バーレン教国が関わっているとわかった瞬間、考えを変えた」

神聖バーレン教国の名を出した瞬間、二人は顔をしかめた。

俺は話を続ける。

「バーレン教国の教皇は得体が知れない。あいつらに好き勝手されたら、いつか取り返しのつかないことになる気がする。それで、あんたらの味方をしようと決めた。というわけだから、味方だと思ってもらっていいよ」

思うままに言ってみたが、これに対して二人はどう思うのだろうか。

まあ、綺麗ごとをつらつらと言うよりかは印象いいと思う。

もし反発されたら、さっさと見捨てて一人で勝手に行動するまでだ。

「……なるほど。レイン殿らしいですね。エルメス殿下はどうですか？」

「そうだね。私もレインを信じよう」

どうやら俺のことを信用してくれたみたいだ。まあ、この状況じゃ信用するしかないだろうけどね。

「ひとまず、邪魔なそれ、壊しとくか」

そう言って、俺は牢屋の中に転移すると、エルメスの手足の枷を破壊した。

そして、ネックレス型の身体能力低下の魔道具も破壊する。

「感謝する。レイン」

「礼はここから出てから言ってくれ」

ありがちなセリフを吐くと、俺はエルメスと共にトールがいる牢屋に転移した。そして、エルメスと同様に拘束を解く。

「感謝します、レイン殿。それで、ここからはどうやって出るのでしょうか？」

トールの質問はもっともだ。

ここから普通に出たら、どうやっても多くの見張りや騎士と遭遇する。

さらに、エルメスとトールの前で規格外の魔法を使ったら、俺がただの人間ではないとバレてしまう。それはそれで、面倒なことになりそうだ。

たださ——なんか俺、思っちゃったんだよ。

別に、無理して実力を隠す必要なくね？　……って。

使いどころではさっと使い、その瞬間を見た人間を口封じするほうが逆に面倒ごとが少ないと思う。いちいち気を使っていては、精神的にもよくないよ。

「それはな——こうやって出る。《長距離転移《ロングワープ》》」

トールの言葉に答えた俺は、二人の肩にポンと手を置いて、《長距離転移《ロングワープ》》を使いディーノス大森林にある俺の家の前に転移した。

「こ、ここは!?」

「な、何が!?」

二人はいきなり大自然の中に転移したことに、驚きを隠せない様子だ。

「レイン殿。ここは一体どこなのですか？」

「ああ。ここは、ディーノス大森林だ」

トールの問いに、俺は平然とそう答えた。

すると、訪れる静寂。

二人は俺が言った言葉の意味を必死に呑《の》み込《こ》み——やがて、理解する。

「……周辺の景色から、確かにここはディーノス大森林で間違いないだろう。だが何故、ここへ転移できた？　しかもこれはレインの家なのか？　何故こんな場所に……王都からどれだけの距離があると思っている？」

エルメスが冷静に問いを投げかける。

それに対し、俺はパチンと指を弾く。

直後、俺の耳がまるでエルフのように、長く尖った。

言葉で上手く説明するのは苦手――だったらこうやって、すぐ納得してもらえそうなものを見せてやればいい。

見せるのは数秒だけ。俺は再び指を鳴らして、《幻影《ファントム》》を解除する。

「……なるほど、そういうことだったか」

エルメスは納得したような顔をしたあと、少し悲しそうにそう言った。

続いてトールも同じような表情で、「見せてくださり、ありがとうございます」と言う。

何故、悲しそうな顔をするのか――

国立図書館で読んだ本で初めて知ったことなのだが、どうやらエルフは一部地域で、昔から厳しい迫害を受けており、耳を隠す人が今も一定数いるらしい。

迫害の発端《ほったん》は千五百年以上前に邪龍を殺した七人の勇者に、エルフが無礼を働いたかららしい。

そんな昔のことが今日まで引きずられているとか、流石にちょっとかわいそうだなぁ……

他人事のように思いつつ、俺は家の周りに張っていた警報を解除すると、二人を家の中へと案内した。

「そこで靴を脱いで、中に入ってくれ」

俺は靴を脱いで家に上がり、くるりと振り返ってそう言った。

どうやらムスタン王国は土足文化らしいので、こう言っておかないと、普通に土足で入られてしまう。

「なるほど。珍しいね」

「承知しました。レイン殿」

俺の言葉にエルメスとトールは納得して、ちゃんと靴を脱いでから、上がってくれた。

というか二人共、靴を脱ぐ文化は普通に知ってるっぽいな。

「珍しいね」って言ってたし。

「あとは、《浄化《じょうか》》……っと。これでよし。それじゃ、とりあえず椅子に座ってくれ」

俺は牢にいたせいで汚れた二人の体を《浄化《じょうか》》で綺麗にすると、リビングにある椅子に座るよう促した。

「ああ、わかった」

「ええ。ありがとうございます」

二人は家の中をちらりと一瞥《いちべつ》して、椅子に座った。

よし。それじゃ、本題に入るか。

「最初に聞きたいのだが……エルメス殿下とトールさんは、これから何をしたいんだ？」

そう。まずはここからだ。

二人がこれからどうしたいのかを、ちゃんと聞いておく必要がある。

「決まってる。ゼロスの罪を暴《あば》き、捕らえる。まずはこれを成し遂げたい」

俺の問いに、エルメスは力強くそう言った。

うん。俺が言うことじゃないが、強い心を持ってるね。

「わかった。それで、俺ができるのは護衛と移動……といったところかな」

俺は簡単に説明する。まあ、実際これぐらいだからな。俺がやれることは。

だって、策略を練るのとかはからっきしだし。

「ええ。レイン殿の転移は心強いです。お陰で、すぐに計画を立てられそうです。それと、レイン殿の戦闘能力はどれほどなのでしょうか？」

トールの質問はもっともだ。俺の実力によって、動き方はかなり変わるだろうからな。

「そうだな……白騎士なら二人がかりで来ても倒せる」

俺の言葉に、二人は目を見開いた。

「それは強いですね。剣神化《けんしんか》を使ったグライ殿と同等の強さと考えて、計画を立てましょう」

トールが顎に手を当てながら言う。

「そうだね。早速計画を立てないと……あ！」

エルメスが何かを思い出したかのように声を上げた。

そして、俺のほうを向くと口を開く。

「レイン。私の弟、アレンの救出を頼めないだろうか？　ゼロスは家族には手を出さないと言っていたが、王位継承権を持つアレンをそのままにするとは思えない」

「なるほど……わかった。じゃ、行ってくる。幸い、アレン殿下と会う許可証はもらっているから、簡単だ」

そう言って、俺は《無限収納《インベントリ》》から、アレンにもらった許可証を取り出す。

「どこでアレンに会ったんだ……まぁ、細かいことはあとだ。では、私の弟を頼む」

エルメスはそう言うと、頭を下げた。

どうやらエルメスは、家族のことを相当大切に思っているようだ。

「わかった。では、《長距離転移《ロングワープ》》」

俺は念のため気配を消し、ゼロスの記憶を頼りにアレンの自室に転移した。

するとそこには、ベッドに寝転がりながら涙を流すアレンの姿があった。

「父上……」

父である国王の死に悲しむアレンを見て、いたたまれない気持ちになる。

でも、今は時間がないんだ。

「……アレン殿下」

俺は《気配隠蔽《けはいいんぺい》》を解除すると、そう言った。

アレンはいきなり聞こえてきた俺の言葉にビクッとすると、顔を上げた。

「……れ、レインさん。来てくれたんですね」

俺の存在に気づいたアレンは、手で涙を拭い、ベッドから起き上がると、礼儀正しくそう言った。

「ああ。ただ、今は緊急事態だ。今すぐ俺の家に転移するぞ」

「い、今すぐ……いえ、わかりました。レインさんを信じます」

アレンは俺が只者ではないことを知っているからか、なんの躊躇いもなく、ここから出ることに頷いてくれた。

王族としてその警戒心のなさはダメだろ……と思いつつも、俺はアレンの肩に手を乗せる。

「行くよ。《長距離転移《ロングワープ》》」

そして、俺はアレンと共にディーノス大森林にある家の中に転移した。

「よっと……連れてきたぞ」

家の中に転移した俺は、リビングで話し合うトールとエルメスにそう言った。

「おお！　無事だったか。アレン」

エルメスはアレンを見ると、安心したように息をついた。

「エルメス兄上？　どうして兄上もレインさんのもとにいるのですか？」

「ああ……アレンはまだ、詳しいことを知らないのか。よし。一から説明する。よく聞いてくれ」

エルメスはそう言うと、アレンに今日起きたことを事細かに説明した。

「ゼロス兄上……神聖バーレン教国と繋がっていたのですね。信じたくない話ですが、エルメス兄上の言葉を信じます」

アレンは驚きつつも、ハッキリとした声音でそう言った。

「あ、でもその話が本当なら、母上や姉上たち……他のみんなもここへ連れてこないと！」

続けてアレンはそう言うが、エルメスは首を横に振ると、口を開いた。

「ダメだ。城にいる人が何人もいなくなったら、ゼロスに怪しまれる。だから、これくらいが限界だ。ゼロスも、余程のことがない限り、王城の者に手を出すことはしないだろう。それに、レイン殿にも負担がかかる」

まあ、確かに王城の人が何人も姿を消したら、やましいことをしているゼロスは疑うだろうね。

俺にかかる負担は……まあ、ぶっちゃけその程度なら負担のうちに入らないけど、言う必要はないか。

「わかりました。でも……こっちにはレインさんがいるので大丈夫です。レインさんは強いですから」

「アレンはレインのステータスを《神眼《しんがん》》で見たのか？」

「はい。思わず見てしまいまして……あ、内容は兄上にも言えません。レインさんと約束したので」

「そうか。なら、聞かないでおくよ。聞くならレイン殿に直接聞くつもりだ」

「ありがとうございます。兄上」

アレンとエルメスが言葉を交わす。

なんか急に和やかムードになった。俺とトールは蚊帳《かや》の外だけど。

でもまあ、こういう仲のいい兄弟って見てると心が落ち着いてくるよね。

ずっと見守っていられるって感じ。

「おっと。すまない。それでは、計画について話し合おうか」

エルメスは俺の視線に気づくと、軽く咳払いをしたあと、そう言った。

「そろそろゼロスは私たちが牢屋から抜け出していることに気づくころだろう。ゼロスは私たちを捕らえるために、王都中に捜索隊を出すはずだ。しかし、そうなれば城の警備が多少薄くなるので、私たちが王城内で動きやすくなる。そして、その隙に城へ侵入し、味方を得てから、ゼロスを中心に王城内を捜索し、証拠を集める」

「ふむ……しかし、ゼロス様が自室に証拠を残しているでしょうか？」

トールはエルメスにそう問いかける。

確かに、証拠って普通は消すものだよな。だって、そのほうが安全だから。

すると、エルメスは微妙な顔をしたあと、言葉を紡いだ。

「ゼロスが自室に証拠を残している可能性はかなり高い。何故なら……ゼロスは、本当に面倒くさがりな性格なんだ。評判に関わるから、上手く隠しているようだけどね。証拠全ては残ってはいないだろうが、いくつかは机の引き出しの奥に突っ込んで、そのまま忘れているだろう」

やけに自信たっぷりに、エルメスはそう言う。

「ただ、ない可能性も当然ある。だが言ってしまえば、証拠はついでのようなもの。本命は、ゼロスが神聖バーレン教国の人間と接触する瞬間を、魔道具で王国民に見せることだ。ゼロスとバーレン教国を繋ぐ人物が必ずいるだろうからね。地下牢で、ゼロスが『早く奴らに会って、このことを報告しなくてはならない』って匂わせる様な発言をしていたし」

エルメスの言葉はもっともだ。

だが少し焦っているというか、早く事を解決したいという思いが透けて見える。

それについて聞いてみると、エルメスは少し苦笑いをしたあと、口を開く。

「ムスタン王国と関係が悪いバーレン教国が関わっているとなると、あまり時間をかけてはいられないんだ。もたもたしていたら、最悪バーレン教国によって国が乗っ取られる事態になりかねない。そうなるぐらいだったら、多少強引になろうとも、早くこの事態を解決するべきなんだ。幸いなことに、ゼロスと父上の仲が悪かったことは、国の上層部の間では周知の事実。証拠さえあれば、十分追いつめられる」

ならば、ゼロスに疑念を抱いている人は割といそうだ。

ゼロスが連れている白騎士（洗脳済み）のせいで、それを表に出すことはできないだろうけど。

「てか、そうなるとゼロスはバーレン教国に利用されたって感じがするな～」

ムスタン王国に敵対心を持っている神聖バーレン教国。

国王とその息子の仲が悪いと聞けば、利用できないかな？　って思うのは至極当然のように思えた。

「ああ。十中八九そうだろうな。だからこれを終わらせたら、証拠集めをして、神聖バーレン教国を問い詰めるつもりだ。まあ、決定的な証拠でない限りは罪に問えないだろうけどね。知らぬと言われてしまえばそれまでだ。それに、あっちのほうが国力が上だから、こちらもそこまで強く言うことはできない」

エルメスは力ない声でそう言う。

大丈夫。そう遠くない内に、そこの教皇へ俺がカチコミをしに行く予定だから！

「……話を戻しましょう。私もエルメス殿下の案には全面的に同意いたします。何かあれば、その都度、計画を変更していく形で行きましょう」

トールが頷きながら言う。

「そうだね。時間も惜しい。早速計画の準備をしよう」

エルメスがそう言った直後、近くから「グルルルル～」と音が聞こえてきた。

この音は……ああ。アレンの腹の音か。

《時計《タイム》》で今の時刻を確認すると、もう昼の一時を過ぎている。そりゃ、腹が減っても仕方ないよね。

「あ、すみません。皆さん」

「いや、公の場ではないから、そうとやかくは言わないよ」

「ええ。そうです。一旦、昼食を取りましょう。レイン殿、申し訳ないのですが、ラダトニカへの転移をお願いできないでしょうか？　昼食を買いに行きますので」

アレンの言葉を聞いて、エルメスは笑顔で言い、トールは俺に転移を頼んできた。

ラダトニカは俺が王都へ行く道中に寄った街で、かなり賑やかだったのをよく覚えている。

「それは構わないが……金はあるのか？」

牢屋に入れられる際に没収されてないか？　と思い、そう問いかける。

「ええ。ポケットに入れていた財布は取られてしまいましたが、隠し持っていた銀貨数枚は無事です」

「ああ、それならいいか。では、《長距離転移《ロングワープ》》」

俺はトールの肩に手を置くと、ラダトニカの路地裏に転移するのであった。

◇　◇　◇

その頃、王城の一室ではゼロスの怒号が響いていた。

「おい！　何があったか、もう一回言ってみろ！」

震えながら跪《ひざまず》く騎士に向かって、ゼロスは言う。

「は、はい。地下牢から特級犯罪者のトール、エルメスの二名が脱走しました」

騎士は、下を向きながらそう言った。

「くっ……いや、落ち着け、落ち着け……ふぅ。わかった。早急に衛兵と騎士団に捕縛しに行かせろ。此度の件はあまり広めないとやつらには言ったが、この状況なら仕方ない。一刻も早く捕らえ、連れてくるのだ！」

ゼロスは自身に言い聞かせるように、矢継《やつ》ぎ早《ばや》に命令を飛ばす。

「はっ」

それに対し、騎士は再度頭を下げると、逃げるようにして部屋から出て行った。

「ったく。まさかあの状況から逃げられるとは。まあ、逃げたあいつらにできることなど限られている。逆に、裁判では脱走したことを責めるとするか」

ゼロスは自身が絶対的に優位な立場にいると思って疑わない。

だが、ゼロスは知らない。

エルメスとトールが、世界最強のレインによって守られていることを――

◇　◇　◇

ラダトニカの路地裏で、短剣でジャグリングをしながら遊んでいると、店で買い物をしていたトールが戻ってきた。

「これでいいでしょう。それでは、お願いします」

トールは右手にバターロールが入った紙袋、左手に果実水が入った瓶を持ちながらそう言った。

王族の食事にしては質素なものだが、緊急時なので仕方ない。

「わかった。《長距離転移《ロングワープ》》」

トールの言葉に頷くと、俺は《長距離転移《ロングワープ》》でディーノス大森林にある家の中に転移した。

すると、転移先ではエルメスとアレンが仲良く談笑していた。

やっぱり兄弟仲が結構いいな。

それなのに何故、ゼロスはああなのか……まあ、今考えることじゃないな。

「ただ今、戻りました」

トールは手に持っていたものをテーブルの上に置くと、軽く頭を下げ、報告をする。

「ああ。ご苦労だったな。では、早速昼食を取るとしよう。レイン、水汲み場はないだろうか？　手を洗いたいのだが」

エルメスが俺のほうを見ながら言う。

「悪いけどないな。手を洗う時は、いつも《浄化《じょうか》》を使ってるから……」

俺は申し訳なさげにそう言った。

そう。実はこの家、水道はおろか井戸もない。

台所にシンクはあるが、蛇口はなく、水を使いたいのなら、水属性魔法でどうにかしろって感じだ。

ただ、手を洗う時は水で洗うのではなく、《浄化《じょうか》》を使っている。だって、そっちのほうが手っ取り早いから。

「言われてみれば、家に入る時も使ってたな。なら、申し訳ないがそれで頼む」

俺の言葉にエルメスは納得したように頷くと、そう言った。

「ああ、わかった。《浄化《じょうか》》！」

俺は頷いて、三人の手に《浄化《じょうか》》をかけて、綺麗にした。

衛生は、大事だからな。

「うん。ありがとう」

「ありがとうございます。レインさん」

「ありがとうございます」

《浄化《じょうか》》をかけられたエルメス、アレン、トールは、口々に俺へ礼を言う。

「では、二人共座ってくれ……って、家主ではない私がこう言うのは失礼だね」

「いや……まあ、そういうのでとやかく言うつもりはないよ」

申し訳なさそうに言うエルメスに、俺はそう答える。

確かに、エルメスが言った言葉は家主である俺が言うような言葉だけど、そんな細かいことをいちいち気にするのは面倒だからしないんだよね。

俺が気にするのは、興味があることだけなのだ。

「腹減ったし、食べるか」

俺はそう言うと、椅子に座った。

「では、失礼します」

俺のあとに続いてトールも椅子に座る。

「あ、これ出さないと」

俺は《無限収納《インベントリ》》から木製のコップと皿をそれぞれ四つ取り出し、机の上に置いた。

「ありがとうございます。それでは、私が注ぎます」

トールはそう言って一度立ち上がると、ビンを手に取り、コルク栓《せん》を開けた。

そして、果実水をそれぞれのコップに注ぐ。

所作の一つ一つが無駄に美しい。

「……はい。では、これもお出しします」

トールは瓶を置き、今度はバターロールが入った紙袋を手に取った。

そして、木皿にそれぞれ二個ずつ置いていく。

ちなみに、俺の分も奢《おご》ってくれた。ささやかな礼とのことだ。

「ありがとう。では、いただきます」

「「いただきます」」

あ、俺だけ言いそびれた。

……まあ、こんな感じで、俺たちは昼食を取り始めた。

なんだけど……

「……」

「……」

「……」

「……」

見ての通り、みんな無言なのだ。

いや、確かに食事中に喋るのは行儀が悪いって言うけども……

だけど、ここまで静かなのはかえって落ち着かないんよな~。

『む？　わしが話し相手になろうか？』

強く思うあまり、ダークが俺の思いに反応した。

『ああ、頼む……と、言いたいところなのだが、話題がない』

俺は、自分から話を振ることができない。そもそも、話題を考えることができない。

俺ができるのは、相手の出した話題に乗るだけ。

これがコミュ障を拗《こじ》らせ続けた、男の末路だ。

『やれやれじゃのう……なら、剣術について存分に語ろうではないか――』

『それ以外で頼む』

ダークの言葉に、俺は食い気味にそう言った。

そういやダークはダークで、余程のことがない限り、話すのは剣術についてだったな。

剣術は長年やってきたこともあって、俺もむしろ好きなほうなのだが、ダークの場合は同じことを何十回何百回と言うので、結構きついのだ。

『む、ワガママじゃのう。お主が困っておるから、話そうと思ったのに』

『う……』

ダークの言うことはもっともなので、反論することができず、俺は言葉に詰まってしまった。

ここで負けるのはちょっとな～。

ダークって、口で俺に勝ったら絶対調子乗るんだよ。それがなんか嫌なんだよな。

『おっと。意地悪しすぎたかの。では、わしも暇つぶしを兼ねて色々と聞こうか。お主、何故、こやつらをこのような方法で助けるのじゃ？　お主なら、城内にいる者全員の思考を操って、思い通りに事を進められるはずじゃろう？　少なくとも、こんな回りくどいことはしなくていいはずじゃ』

『なんだ。気づいてたのか』

そう。ダークの言う通りだ。

城内にいる人全員がゼロスの敵となるように操ることも可能だ。

もっと言ってしまえば、ゼロスの人格を変えて、全てを自白させて終わらせることもできる。

だが、俺はそれらをするつもりはない。

何故なら——

『国に過度に手助けはしたくないんだよ。俺は必要最低限の手助けしかしない』

『ふむ……何故、そうしたくないのじゃ？』

『……俺はさ。言ってしまえばバランスブレイカーなんだよ。俺はあらゆることをひっくり返せる。そんな力を、ドロドロとした人と人との争いに持ち込みたくないんだ。俺の本当の力は、自分と仲間を守るためだけに使いたい』

『なるほどのう。それが、お主の力の使い道か。道理でニナとリックにあそこまで過保護になるわけじゃ』

ダークは納得したような声音で、そんなことを言う。

『まあ、今回はお偉いさんたちに大きな恩を売ることで、今後の冒険をサポートしてもらおうっていうのもあるんだけどね。最初は王侯貴族は気にせず生きようって思ってたんだけど、謁見しちゃったせいで、それは厳しそうだな～って、考えを少し改めたんだ』

俺は一度言葉を切ると、エルメスを見ながら言葉を続けた。

『エルメスはそう遠くない内に国王になるだろうから、そんな彼に、貴族からの接触を防ぐバリアとなってもらおうって思ったんだ。国王の命令には、基本逆らえないだろうからね』

かなり打算的だが、まあこれくらいは考えても罰は当たらないだろう。

それに、エルメス、アレン、トールの三人はかなりの人格者。

だから、ちょっと応援したくなったっていうのもあるんだけどね。

『上手いこと考えたのう。まあ、確かにこやつなら、事が済んだあとにお主の意向を尊重してくれるじゃろうな。己の欲を第一に考え、お主を使い潰そうと考える愚者《ぐしゃ》とは、正反対に見える』

『そうだな』

ダークの言葉に、俺はふっと笑った。

そして、いきなり笑った俺を、エルメスたち三人は不思議そうに見ていた。

……なんか恥ずかしい。

羞恥心を感じながらも、黙々と昼食を食べ続け、片づけを終えたところでエルメスが口を開いた。

「ふぅ。それでは、昼食もとったことだし、計画の準備を始めよう。まずは、城内に味方を作り、動かすことだな……トール。案はあるかい？」

「そうですね……味方になってくれたら心強いのはやはり、グライ殿とシルビア殿ですね。早急に事を進めなければならない以上、武力は必要ですし、彼らなら、安易にゼロス様につくこともないでしょう」

かな?

　エルメスの問いに、トールは少し考えるような仕草をしてからそう言った。

　んー……グライは情に厚そうだったからまだしも、そのシルビアって人は本当に信用できるのかな?

　この状況だと自分の身を案じてゼロス側についてもおかしくない。

　そのことについてエルメスに聞いてみる。

「そう思う気持ちはよくわかる。当然、私も彼らと接触する際の警戒は怠《おこた》らないつもりだ。ただ、ちゃんとこちらへつく事情があってね。まあ、少し話そうか」

　エルメスはそう言うと、コップに注がれた果実水をごくりと飲んだ。

　そして、軽く息をついてから口を開く。

「魔法師団の団長であるシルビアは、これまで多くの王族に魔法を教えてきた。当然、無属性魔法が使えるゼロスも、十二歳の頃からシルビアの教えを受けている。ただね、ゼロスは初日にとんでもないことを言ってしまったんだよ」

　エルメスはそう言うと、少し間を開けてから、再び口を開いた。

「ゼロスはシルビアに『歳いってるって聞いてたけど、結構美人じゃん。将来妾《めかけ》にしてぇな』と言ってしまったんだよ。ああ、言い忘れてたけど、シルビアはエルフだ」

「うわぁ……本当にそれ王族が言うことか～?」

　ゼロスのとんでもない発言に、俺は引いた。

　そんなことを言われて、シルビアが怒らないわけがない。

めっちゃ引いている俺に、エルメスは苦笑いしながらも、口を開く。

「シルビアに、歳の話は禁句なんだよ。しかも、加えて妾にしたいなどと……これは王族とか関係なく、人としてダメだよね。シルビアはまだ許していないようでね。今もそのことを根に持っているのは、一部では有名な話なんだ」

「なるほどな〜……そりゃゼロスアンチになるな。ていうか、それだったらむしろこっちの話には喜んで食いついてきそうだ」

何年も恨み続けてきたやつを、合法的にシバけるとなれば、絶対食いついてくるだろう。

「そうだね。シルビアはゼロスのことを既に疑っているはずだし……というか、白騎士に会う機会があれば、様子がおかしいことから全て察しているんじゃないかな？」

それなりの魔力感知能力を持っている人なら、白騎士の違和感ぐらいすぐにわかるだろう。

「確かに……」

「次に、グライだが……彼は困ったことがあったら、基本シルビアに聞く。あとは言わなくともわかるだろう？」

「なるほど……」

それなら、二人共ゼロス側にいる可能性は低そうだ。

当然、万が一はあるので、エルメスの言う通り警戒はしておくとしよう。

もっとも、俺の前で隠し事など、できるわけがないと思うが。

「よし。では、早速二人との接触を試みようと思う。行くのは護衛と転移を担当するレインと、交渉を担当する私だけにしよう。あまり多いと、レインの邪魔になってしまうからね」

お、早速行くのか。

なんと言うか……行動力があるな。

だって、これから向かうのは敵地となっている王城の中。

そんなところへ行く決断を、そんなあっさりとできるのは普通に凄いと思う。

まあ、それだけ俺の強さが信頼されているってことだね。

「……わかりました。お気をつけて」

「エルメス兄上、お気をつけて。レインさん。エルメス兄上のこと、お願いします」

トールとアレンはエルメスの身を案じつつも、そう言った。

「それで、どこに転移すればいいの？」

「そうだね……今二人がいそうな場所は……わからないな。多分、今回の件であちこち回っていると思う。だから、一旦シルビアの部屋で待機するのがいいかな。女性の部屋に勝手に入るのはマナー違反だけど、緊急時だから仕方ないね」

なるほど。とりあえずシルビアの部屋に転移すればいいのか。ただ、俺はその場所を知らない。

ゼロスの記憶を深くまで見てないから、そこまでは把握できていないんだよね。

「というわけで、頼む……と言いたいところだけど、シルビアの部屋がどこにあるのかは知ってる？」

「いや、知らないな」

エルメスに問われ、俺は反射的にそう答える。

エルメスの記憶を見れば一発でわかるけど……そんな提案をされたら大抵の人間は嫌な気持ちになるだろうから、知らないってことにしておこう。

「そうか……いや、これを見ればなんとかならないか？」

エルメスはそう言って、懐から紙とペンを取り出した。

そして、紙に丁寧に線を引いていく。

「……よし。これは、三階の地図の一部を書いたものだ。ここが階段で、ここがシルビアの部屋だ」

エルメスはいくつかある四角の内、二つを指差すと、そう言った。

「そこか……ああ、そこなら行ける。中に入ったことはないけど、部屋のすぐ前は見たことがある。部屋の前から少しズレるように転移すれば、直接中に入れる」

エルメスが示す部屋は、謁見の時に王城を移動した際に、チラリと見た場所だ。

見たことがない場所へは本来は転移できないが、ある程度の熟練者なら、座標を少しズラすぐらい、どうということはない。

「そうか。なら、頼む」

「わかった。では、《長距離転移《ロングワープ》》」

俺はエルメスの肩に手を乗せると、シルビアの部屋に転移した――次の瞬間。

バチバチバチッ――

そんな音がして、俺に雷閃《らいせん》が迸《ほとばし》ったのだ。

「お〜、びっくりした。びっくりした」

いきなり雷が飛んできたことに驚きつつも、俺は冷静に左手で、その雷を振り払うと、魔法を放ってきた人間を見た。

そこには、これぞ魔法師って感じのローブを着て、右手に杖を持った、若草色の髪と瞳を持ったエルフの女性がいた。

俺はもしやと思い、《鑑定《かんてい》》を使う。


【シルビア・フェリーシル】
・年齢：662歳　・性別：女
・天職：魔法師　・種族：エルフ　・レベル：972
・状態：健康

〈身体能力〉
・体力：74210／74210　・魔力：87530／87530
・攻撃：67200　・防護：77470　・俊敏：81800

〈魔法〉

・風属性：レベル6　・雷属性：レベル7　・時空属性：レベル7

（パッシブスキル）

・魔法攻撃耐性《まほうこうげきたいせい》：レベル5　・魔力回復速度上昇《まりょくかいふくそくどじょうしょう》：レベル7

（アクティブスキル）

・魔力操作《まりょくそうさ》：レベル8　・思考加速：レベル6　・鑑定：レベル5

・体術：レベル5

（称号）

・元Sランク冒険者　・ムスタン王国魔法師長　・神級魔法師《しんきゅうまほうし》

ああ、やっぱりこの人がシルビアなのか。

そう一人で納得していると、俺の横に立つエルメスが口を開いた。

「シルビア、待て。私だ。第一王子、エルメスだ」

その言葉に、シルビアは大きく目を見開いた。

「すみません。エルメス殿下とは知らず、魔法を放ってしまって……」

気まずそうな顔をしたシルビアは、一気にしおらしい態度になると、ペコリと頭を下げた。

「いや、謝らないでくれ。これは直接転移するという判断をした私が悪い。それと、いきなりで悪いが本題に入らせてくれ。今、ここでどのような事態が起きているのか、シルビアは把握しているか？」

矢継ぎ早に放たれるエルメスの言葉に、シルビアは目を見開いた。

「はい。トール殿とエルメス殿下が放った刺客によって陛下が討たれ、そのことに気づいたゼロス殿下がトール殿とエルメス殿下を地下牢に入れた……ということを、ゼロス殿下から聞きました」

「そうか。それで、それについてシルビアはどう思っている？」

「そうですね。どうしても、それは嘘だとしか思えません。白騎士がゼロス殿下によって洗脳されていたことが、何よりの証拠です」

シルビアの言葉に、エルメスはほっと息をつく。

どうやら、シルビアはゼロスの言葉を嘘だと思ってくれているようだ。それなら、協力もしてもらえるだろう。

「そこに気づいているのならよかった。私は拘束され、地下牢に閉じ込められていたが、横にいるレインの転移によって、逃げ出すことができた。アレンも、念のためレインの家に避難させている。今はゼロスを追い落とすための計画の準備に入っているところだ。そこで、シルビアにも協力を要請したい」

「わかりました。私にできることなら、なんでもしましょう」

シルビアはエルメスの言葉に即答し、頷いた。

よしよし。これでなんとか計画失敗とかにはならなさそうだな。

「ありがとう。そこで、シルビアには動きが制限されている私たちに代わって、証拠を集めてほしいんだ。その際、問題がなさそうであればグライにも、協力を要請してほしい。そして恐らく、ゼロスは近い内に神聖バーレン教国の人間と接触をするだろうから、注意してくれ。また、接触時の様子を魔道具で映像化し、決定的な証拠としたいんだ。映像記録《シーン・レコード》の魔道具が保管してある場所はわかるね？」

神聖バーレン教国という名が出た瞬間、シルビアは驚いたようだったが、すぐに冷静さを取り戻すと口を開く。

「承知いたしました。それで、連絡はどのように取りますか？」

「そうだね……少し面倒な方法になってしまうが、レインが明日から八時、十三時、十八時の三回、毎日ここへ来て連絡を取り合うという方法をとらせてもらう。構わないだろうか？」

そう言って、エルメスは俺とシルビアの両方を見やる。

「ああ、問題ない」

「問題ありません」

その言葉に、俺とシルビアはすぐに頷いた。

「うん。それでは、そろそろ失礼するよ。あまり長居したら、見つかる危険が高まるからね。レイン、頼む」

「わかった。《長距離転移《ロングワープ》》」

俺は頷き、エルメスの肩に手を置くと、ディーノス大森林にある家の中に転移した。

そうして家に戻った俺たちは、また再び話し合いに入る。

「シルビアへ話は通せた。あとはやはり、こちらも証拠を集める必要があるね」

「そうですね。ゼロス様の《洗脳《せんのう》》がある以上、貴族を味方につけるのはリスクでしかありませんし」

エルメスの言葉に、トールはそう言って頷いた。

ゼロスが保有するスキル《洗脳《せんのう》》——これがあるせいで、信頼できる貴族を味方に付けても、リスクになる可能性があるからな。

だって、その貴族が白騎士によって取り押さえられたあと、ゼロスによって《洗脳《せんのう》》されたら、どうなるか……考えるまでもないだろう。

「だが、今はまだその時ではない。日が沈むまで待とう。それまでは休息だ」

エルメスの言葉に、この場にいる全員は頷くと、一時の休息をとることになるのであった。

「……ふぅ。それじゃ、ちょっと行ってくるかぁ」

休息と言われたが、俺は別に体力とかを気にする必要はない。

だったらこの機会に、枯渇しかけている長期作業用の食料を手に入れてこようと決めた。

「だが、その前に行く場所があるな」

そう呟くと、俺は彼らに一言伝えてから、王都にあるニナの家に転移した。

「ご主人様！　おかえり！」

「おかえりなさい。マスター」

すると、いきなりシュガーとソルトがお出迎えしてくれた。

「ああ、ただいま。しばらく一緒にいれなくてすまんな」

俺は床に膝をつくと、そんな言葉を言いながら、二匹を優しく撫でる。

「大丈夫。この王都ってところは楽しい。いっぱい冒険できた！」

「はい。ニナがたくさん食べ物を買ってくれました。どれも美味しかったです」

シュガーとソルトは、嬉しそうにそう言った。

どうやらシュガーとソルトは、俺がいない間に王都を満喫していたみたいだ。

いいな～、俺ものんびり王都を満喫したい。

国王殺しの件が片づいたら、しばらくはのんびりしてみよっと。

そんなことを思っていると、リビングからニナが出てきた。

「ああ、よかった。帰ってこれたのね」

ニアはほっと息を吐くと、そう言った。

「帰ってこれた……？」

ニナが言うことの意味がわからず、俺は思わずそう口にする。

「あれ？　レイン知らないの？　実はついさっき、王城で起きた凶悪事件の犯人が逃げ出したとかで、王都の出入りに使われる門が全て封鎖《ふうさ》されたの。それで、王城内にも内通者がいたとかなんとかで、王城にいる人はみんな取り調べを受けているって小耳に挟んだんだけど……」

「あ～……そういうことね」

なるほど。牢屋から逃げ出したトールとエルメスがまだ王都内にいると踏んで、王都の出入りを完全に封鎖したのか。

確かに、この広い王都から脱出するのに、普通ならそこそこ時間がかかるため、その判断は正しい。

ただ、生憎《あいにく》俺は普通じゃない。だって、転移一回でここから脱出できてしまうのだから。

「俺は大丈夫だった。ちょっと聞かれたぐらいで、すぐに解放されたよ」

王城の書庫にこもっていたということになっているので、俺はそう言って上手いことごまかす。

流石にここで、「脱走手伝ったの俺です」なんて言えるわけがない。

「ただ、実はその件で少し手を貸さなくてはならない事態が発生してな。今から数日間、ここには帰ってこれないと伝えにきた」

俺の言葉に、ニナは目を見開いて驚く……が、すぐに冷静になると言葉を紡いだ。

「わかったわ。雰囲気的に、私が関与していいことでもなさそうね。私がレインに言うことではないかもだけど……気をつけてね」

「ああ、わかった。心配してくれて、ありがとな」

ニナの言葉に、俺は感謝を述べると、シュガーとソルトを肩に乗せ、家の外に出た。

そして、人目に付かない場所で《長距離転移《ロングワープ》》を唱えると、ディーノス大森林の深部に転移するのだった。

「ふぅ……シュガーとソルトは遊んでていいよ」

「はーい！」

「了解しました。マスター」

俺は二匹にそう言うと、ダークを構えた。

そして気合を入れると、早速魔物狩りを始めるのだった。

「はっ！」

手始めに気配察知で魔物の場所を特定し、即座にそこへ転移する。

そして、食用ではない魔物は神速の剣技で魔石と、あれば毛皮を取り除いて残りは放置。

食用であればそのまま解体して、《無限収納《インベントリ》》に入れる。

「よし。いいな」

魔物を狩る技術も、日々向上している。

まずは解体の手際だな。解体に関しては転生してから三百年も経つ頃にはだいぶ速くなっていたのだが、もっと効率のいい解体方法を本で読んだお陰で、より速くなった。

一体では微々たるものだが、それが何百何千ともなれば、割と時間は変わってくる。

さらに食用ではない魔物の死体を放置するようになったことで、短い時間で格段にたくさん狩れるようになった。

昔は、狩った魔物はちゃんと焼却処分していた。

だけど、気づいたんだよな。

別に死骸を放置しても、すぐに魔物が来て、骨すら残さず食い尽くすってことに。
そのお陰で、キルペースが上がった。
今思うと、なんでこんな簡単なことに気がつかなかったんだろう？
まあ、これ以上たられればを言ってても仕方ないか。
「はっ、はっ！　はっ……ん？」
色々と考えながら魔物を討伐しまくっていると、いきなり体に違和感を感じた。
ん？　振る速度がちょっとだけ速くなったな。魔力もいつもとちょっとだけ違う。
もしやと思い、俺はステータスを確認した。
すると——

【レイン】
・年齢：２７８２歳　・性別：男
・天職：錬金術師　・種族：半神　・レベル：１０００１
・状態：健康

〈身体能力〉
・体力：７９１１６０／７９１２７０　・魔力：８５３９００／８５３９００
・攻撃：７６５１６０　・防護：７８５９６０　・俊敏：８２３２００

（魔法）

・火属性：レベル10　・水属性：レベル10
・風属性：レベル10　・土属性：レベル10
・光属性：レベル10　・闇属性：レベル10
・氷属性：レベル10　・雷属性：レベル10
・無属性：レベル10　・時空属性：レベルMAX

（パッシブスキル）

・精神強化：レベルMAX　・魔力回復速度上昇：レベル10
・物理攻撃耐性：レベル10　・魔法攻撃耐性：レベル10
・状態異常耐性：レベル10　・自動攻撃感知：レベルMAX

（アクティブスキル）

・錬金術：レベル10　・岩石細工《がんせきざいく》：レベル10　・金属細工《きんぞくざいく》：レベル10
・体術：レベル10　・鑑定：レベル10　・テイム：レベル10
・念話：レベル10　・思考加速：レベル10　・気配察知：レベル10
・気配隠蔽：レベル10　・並列《へいれつ》思考《しこう》：レベル10　・付与：レベル10

・**残像《ざんぞう》：レベルMAX　・魔力隠蔽：レベル10**

（称号）

・**レベル上げの神　・神級魔法師　・作業厨《さぎょうちゅう》　・世界最強《せかいさいきょう》**

・**剣神　・Aランク冒険者　・メグジスの英雄　・モノづくり愛好家《あいこうか》**

・**読書家《どくしょか》　・上級錬金術師《じょうきゅうれんきんじゅつし》　・中級付与師《ちゅうきゅうふよし》**

「マジかよ……」

めっちゃ久しぶりに、俺のレベルが上がった。

大体……二千五百年ぶりぐらいかな？

そんぐらい久々の出来事だ。

これは大変喜ばしいことだな。実際、今すぐにでも飛び上がりたくなるぐらい嬉しい。

ただ、それ以上に、俺はある衝動に駆られていた。

「くっ……レベル１０００１か……くっそキリが悪い。キリのいい数字にしてぇ……」

ついさっきまで、俺のレベルは１００００というめっちゃ切りのいい数字だった。

だが、レベルが上がったせいで、レベル１０００１という、なんとも微妙な数字になってしまった。これは嫌だ。

今すぐにでもレベル上げを開始して、レベル１１１１１や、レベル１２３４５とかにしたい。

だけど、そんなのを今からやったら、余裕で何千年とかかる。

「……まあ、レベル上げはいつでもできるしな。色々と落ちついてからでいいだろ」

この短い期間でできた人との繋がり。

それを自ら切るような真似はしたくないからな。

てか、この俺がここまで人と繋がりが持てるって、普通に奇跡だと思うんだよね。

ちょっとでも運命の歯車が狂っていたら、一人で世界中を歩き続ける、ぼっち冒険者にでもなってたんじゃないかな？

ああ、そう思うとなんだか悲しくなってきた……

「い、いや。俺はボッチじゃない。シュガーとソルトがいるし。あと……ダークも」

俺はそう言うと、チラリとダークを見る。

「なんじゃその間は！　どういうことじゃー！」

「特に意味はない。それよりも、狩りだ。狩り」

俺はダークの苦情をスパッと切ると、狩りを再開した。

斬って、斬って、斬って、斬って――

回収、回収、回収、回収――

そうして無心で魔物を狩り続けていた俺は、ふと空を見上げた。

「……あ、もう夕方か」

空が夕焼けで赤く染まっている。そろそろ帰らないと。

でもその前に今日の成果を見ておこう。

そう思い、俺は《無限収納《インベントリ》》の中を確認する。

「えっと……お、大体三十年分か。この時間でこの量なら結構いいな」

このペースで今後もどんどん増やしていけば、割とすぐに十分な備蓄量に戻るだろう。

そうなれば、またしばらくは安心してレベル上げに没頭できる。

まあ、フェリスに生き急ぎすぎだって言われたから、ちょっとは自重するつもりだけど。

「ふぅ……戻るか。《長距離転移《ロングワープ》》」

こうして食料調達を済ませた俺は、ディーノス大森林の家へと転移するのであった。

◇　◇　◇

一方その頃、王都では大規模な捜索が行われていた。

王都の出入りに利用されている四つの城門は完全に封鎖されており、王都にいる人は誰一人として外に出ることができない状態だ。そして、その逆もまた然りで、王都に来た人は中に入れず、立ち往生している。

王都の人々には、王城内で起こった大事件の犯人を逃がさないためと、少しぼかして伝わっている。

封鎖は必要なことだと皆わかってはいるが、それでも、全員がはいそうですかと素直に頷いているわけではない。重要な予定が狂った人がその筆頭だ。

現にそれら四つの城門下では、言い争いが勃発《ぼっぱつ》していた。

「急用があるんだよ！　チェックならいくらでもやってくれて構わないから、ここを通してくれ！」

「無理だ。何があってもここを通すなって上から言われてんだよ！　通そうものならお前もろとも処罰される！」

「ならその上の人と話がしたい」

「今は例の凶悪犯罪者の捜索に出てて留守なんだよ！」

「あー、もうどうすりゃいいんだよ！」

と、こんな会話が繰り広げられている。

そして、それら全ての発端であるゼロスは、王城の自室でイラついていた。

「ちっ……まだ見つからないのか……」

現状動かせる人間は全て捜索に出しているのにもかかわらず、手掛かり一つ出てこない。

ゼロスはこの状況にはかなり焦っていた。

王都の出入りの封鎖を長く続ければ、民から反感を買ってしまう。

これから国王になる予定のゼロスにとって、それは避けたい。

だが、今封鎖を解除したら、エルメスやトールに王都から逃げられる可能性がぐっと上がってしまう。

「これは、アレンのせいか……！」

ゼロスは苛立ちをあらわにしながら歯噛みする。

トールとエルメスが脱走したことを聞いてからすぐに、アレンが消えた。

ゼロスは、アレンが消えたタイミングから、トールとエルメスの脱走にはアレンが関わっていると思っている。

アレンは頭はいいものの、策略を立てることには絶望的に向いていない。

とてもじゃないが、あの状況で速やかにトールとエルメスを救い出せるわけがないとゼロスは思っていた。

だからこそ、ゼロスはアレンを全くと言っていいほど警戒していなかったのだ。

ゼロスは、そんな判断を下した自分自身にも苛立っていた。

「くそっ……こうなったら一刻も早く国王になるか。第二王子の肩書のままでは、第一王子──王太子のエルメスと真っ向から対立する事態になった時に、民に迷いが生じる。それではマズい」

そうして、ゼロスは国王になる準備を急ピッチで進めることを決めた。

早くても一週間はかかるが、流石にエルメスたちが一週間の間でどうこうできるわけがない。

エルメスはそう、ほくそ笑んだ。

トントン。

すると、突然部屋のドアがノックされた。

「……入ってくれ」

ゼロスは入室を許可する。

するとドアが開き、資料を手にしたシルビアが入ってきた。

シルビアは入室後に礼をすると、口を開いた。

「陛下暗殺に関する情報です。私が部隊を率いて調べてみたところ、王都内で複数怪しい場所を発見いたしました。痕跡《こんせき》からして、恐らくそこで実行犯が待機していたのでしょう。明日には更に正確な情報と、実行犯が所持していたと思われるものをいくつかお見せできると思いますので、明日の十一時に魔法師団の訓練場にお越しください」

シルビアの言葉に、ゼロスは内心ため息を吐く。

(そんなの今はどうだっていい。それよりもやらなくてはならないことが山ほどある。明日には、ファルス枢機卿と直接会うってのに……だが、ここでシルビアの提案を拒否するのは不自然だしな。仕方ない。信頼を少しでも得るためにも、ここは行っておくか)

「……ありがとう。この短期間でよくそこまで見つけてくれたな。明日、そこへ向かうとしよう」

ゼロスは形だけの笑みを浮かべると、そう言った。

「もったいないお言葉です。それでは、私はこれから更に調査をいたしますので、これにて失礼します」

シルビアはそう言って頭を下げると、部屋から出て行った。

「……やれやれ。国王になるのも楽じゃないな」

ゼロスは体を伸ばしながらそう言うと、ベッドに倒れ込んだ。

「だが、国王になれば今までできなかったことができるようになる。これまで以上に贅沢《ぜいたく》することだってできる。城を増築したり、新たに別荘を建てたり。だがそれよりも、俺はこの国の力を存分に使って、領土を広げたい」

そう言って、ゼロスはニヤリと笑う。

ここ、ムスタン王国では何百年も領土拡大を目的とした侵略戦争をしていない。

大きな国力を持つのに、それをほとんど使わず、国内にばかり目を向けていることをゼロスはもったいないと思っていた。

折角力があるのなら、それを上手く使うべきだと。

上手く使い、領土を広げ、ムスタン王国を更なる強国にすることこそが、ゼロスの夢なのだ。

◇◇◇

「随分と詰めが甘い。無能もいいところですね」

王城の長い廊下を歩くシルビアは、書類を片手にそんな言葉を口にした。

その書類は、先ほどゼロスの部屋に入った際に、独自改変を施した転移魔法で掠《かす》め取《と》ったもの。

「まあ、順調で何よりです」

シルビアは書類を確認しながら呟く。

エルメスからの命令を受けた彼女は、ゼロスを追い落とすべく、様々な証拠——そして、神聖バーレン教国とゼロスが接触する日付、場所、時間を割り出そうと奮闘していた。

こうして全力を尽くす背景には、長年生活してきたムスタン王国を滅ぼされたくないという愛国心も含まれているが、それよりもゼロスに対する私怨《しえん》が多くを占めている。

（私に向かって、あのようなことを言った恨み。忘れてないですからね？）

エルフの寿命は長く、それ故に昔のことでもつい最近のように思えてしまう。

ゼロスが半ば忘れてしまっている失言事件も、シルビアは鮮明に覚えている――否、覚えてしまっているのだ。

（グライに表のことを色々と任せるのは不安だけど……上手くやってくれているはず）

シルビアはグライにも、事の顛末を全て説明していた。

そして、策略に不向きな武一辺倒なグライには、彼が持つ『人を惹き付ける力』を存分に活用してもらい、城内警備の配置をシルビアにとって都合がいいものに変えてもらったのだ。

シルビアではできないことをやってのけるグライに感謝をしながら、シルビアはグライのお陰で生まれた『死角』を存分に活用して、暗躍《あんやく》し始めるのであった。

第五章　二人の王子の想い

食料調達を終えた俺は、家に戻ってきた。

すると、そこにはのんびりと談笑をするエルメス、アレン、トールの姿があった。

いいね。温かい関係だ。

そんなことを呑気に思っていると、俺が帰ってきたことに気がついた三人が、一斉に俺に視線を向ける。

「レイン。帰ってきたの……ん？　肩に乗せているのは？」

エルメスが問いを投げかけてきた。

「ああ、この二匹はシュガーとソルトと言って、俺の大切な従魔なんだ。隠密はできるし、実力も保証するよ」

そう言って、俺は肩に乗る二匹を優しく撫でる。

「これは……シルバーウルフですね。凄く可愛いです」

アレンが目を輝かせながら、二匹に釘付けとなった。

お、もしやアレンも可愛いもの好きか？

てか、《神眼《しんがん》》なしでよくシュガーとソルトの種族がわかったな。

流石は、王城の書庫で本を読みまくっている王子だ。

するとと、そんなアレンがおずおずと手を上げ、口を開く。

「レインさん。その子たちを、撫でさせてくれませんか？」

シュガーとソルトの機嫌を窺うような素振りを見せながら、そんなことを言うアレン。

そんなアレンを、エルメスとトールは微笑ましく見つめている。

んー……まあ、断る理由はないな。

それにアレンなら、シュガーとソルトが嫌がるようなマネはしないだろう。

「ああ。いいよ。嫌がるようなことはしないでくれよ……シュガー、ソルト」

『はーい！　ご主人様！』

『了解しました。マスター』

俺は頷いて、二匹にアレンのところへ行くよう、視線で合図を送った。

テーブルの上に乗り、アレンのすぐ目の前までやってきたシュガーとソルト。

そんな二匹を見て、アレンは顔を綻《ほころ》ばせると、両手を差し出して、二匹の頭を優しく撫でた。

「もふもふだ……可愛い」

ご満悦な表情を浮かべるアレンを見て、俺たちまでもがほっこりとしたのは言うまでもない。

すると、トールが小さく呟いた。

「レイン殿、ありがとうございます。先の一件で、アレン様は内心ずっと落ち込んでいたようですので」

「ああ、なるほどね」

アレンは、為政者《いせいしゃ》には向いていないぐらい優しすぎる。

それ故に、兄弟であるゼロスが敵に回った事実を、なかなか受け止められないのだろう。だが、ゼロスのせいで父は殺された。

俺では察することのできない、複雑な感情を抱いていそうだ。

「……まあ、俺のお陰じゃない。シュガーとソルトのお陰だ。だから、礼を言うならその二匹にしてくれ」

「そうでしたね。事が片づいたら、二匹にも報酬を渡しましょう」

冗談めかして言った俺の言葉に、トールはニコリと笑うとそう言った。

そのあと、トールに声をかけられるまでもふもふを堪能し続けたアレンは、少し名残惜しそうな顔をしつつも、シュガーとソルトを俺の肩に戻してくれた。

「夢中になってすみません。あの、また機会があれば撫でさせてください」

「ああ。いいぞ。シュガーとソルトも、嫌がってはいないようだったし」

今回の事件が解決したら、会う機会はそこまでないだろうけど、もし会った時にはもふもふを堪能させてあげないと。

さっきの様子を見たら、とてもじゃないが断れないしな。

「さて、では夕食にしましょう」

そして、トールの言葉で俺たちは手短に、昼間ラダトニカで買ったパンを、夕食として食べるのであった。

夕食を食べ終えたところで俺たちは再び話し合いを始めた。

「さて。そろそろ向こうは私たちを見つけられなくて、焦る頃合いだろうが……念のため、今の王城の状況を確認したい。というわけで、レイン。一旦王都へ行ってきてくれないだろうか？　調べるべきものは、この紙に記載してある」

そう言って、エルメスは懐から紙切れを取り出すと、俺に差し出した。

俺はそれを受け取ると、裏返して内容を確認する。

なるほどなるほど……門とか王城の周辺とか、そういった場所の様子を見てくればいいのか。

「無論、無理はしないでほしい。不可能だと少しでも判断したら、早急に撤退してくれ」

「ああ、わかった。無理はしない」

この状況で、唯一の移動手段である俺を失うのは、彼らにとって終わりを意味するからな。

まあ、やられるつもりはさらさらないけど。

「さてと。シュガーとソルトは、ここで待機しててくれ。万が一ってのがあるし」

ちょっと失念していたのだが、ここはディーノス大森林だ。

俺やシュガー、ソルトが長年住みついているお陰で、魔物が寄ってこない状況になっているが、それでも来る時は来る。

保険として、二匹は護衛として置いておいたほうがいいのだ。

あと、アレンの精神安定剤。

「じゃ、行ってくる。《長距離転移《ロングワープ》》」

そうして、俺は現状を確認すべく、王都へと転移するのであった。


「ふぅ……にしても、随分と荒れてるな」

王都を一望できる王城のてっぺんに転移した俺は、王都中をぐるりと見回すと、そう息を吐いた。

視力を強化し、確認した結果、どうやらニナが言っていた通り、出入り口となっている東西南北の門が全て封鎖されているようだ。

また、大規模な捜索隊も出しているようで、王都のいたるところに、衛兵や騎士、果ては雇われたと思われる冒険者の姿もあった。

「えっと、調べなきゃいけないことは……」

一通り見回したところで、俺はエルメスからもらったリストを広げ、確認していく。

「……門の様子、王城前の様子、捜索隊の規模、そして違和感……か。最後だけ抽象的すぎるだろ……」

まあ、事細かに指示されるよりは、こうしてもらったほうが俺としてはありがたい。

俺は王城のてっぺんから、指示通りの場所をさっきよりも事細かに見ていく。

すると、俺は途中である違和感を覚えた。

それは――

「王城内。やけに警備が少ない場所があるな」

そう。どういうわけか、城内の警備が一部、極端に少なくなっていたのだ。

入り口などはちゃんと厳重警備。

「んー……あ、シルビアか」

よくよく見てみると、そこには何かを探している様子のシルビアの姿があった。

なるほど。これは、調査しやすいようにってシルビアが仕組んだのか。

「……あと、一部ゼロスの《洗脳《せんのう》》を受けている貴族がいるな……」

大方、もともとゼロスに反発していた貴族だろうと思いつつ、俺は更に隈《くま》なく王都中を調べ上げると、《長距離転移《ロングワープ》》で家に戻った。

「ふぅ。調べ終わったから、報告するぞ」

「む？　ああ、レインか。早かったな。では、頼む」

エルメスが帰ってきた俺に気がついて言う。

俺は早速、調査結果の報告を始めた。

「王都の出入り口である東西南北、全ての門が閉じられていて、立ち往生している人でごった返していた。王城前に人はおらず、皆捜索隊に駆り出されているようだ。捜索隊の規模は、推定二万人。更に、どんどん捜索隊は増えている。そして、違和感についてだが、シルビアのせいか王城内で極端に警備が薄い場所があった。あと、既にゼロスの《洗脳《せんのう》》を受けてしまった貴族がいることもわかった。ひとまずは、こんなところだ」

俺はそう言って、話を締めくくった。

報告とは、こんな感じでいいのだろうか？

そう不安に思っていると、エルメスが口を開いた。

「ありがとう。この短時間でそこまで調べてくれるのは、本当に想定外だよ。お陰で、色々と理解できた」

エルメスはそう言うと、立ち上がった。

「なら、今日はもう私たちにできることはない。早々に寝て、明日以降に備える。それが大事だ。では、寝るとしよう。ここは綺麗だし、床で寝させてもらうよ」

爽やかな声でそんなことを言うエルメス。

いやいや、流石に第一王子が床で寝るってのは、色々とマズいって。

トールが『ちょ、なんとかならない？』って目で、俺のことをちらちら見てるよ。

まあ、なんとかはなる。

「簡素だけど、ソファとベッドを出すから、エルメス殿下はそこで寝てくれ。トールさんはソファ、アレン殿下は普通に寝室で。俺は、別にいいから」

俺はそう言うと、《無限収納《インベントリ》》から魔物の革や金属で作った自作ソファとベッドを取り出し、ドサッと置いた。

で、俺は……まあ、シュガーとソルトがいるから問題なし。

「わざわざ用意してもらってすまない。ありがたく、使わせてもらうとしよう」

「ありがとうございます。レインさん」

「ありがとうございます、レイン殿」

エルメスとアレンの二人はそう言って頭を下げると、ベッドとソファのほうへと向かって行った。

そのあと、俺はトールを寝室へと案内し、自分は再びリビングに戻った。

「シュガー、ソルト。一緒に寝ようか」

『わかりました！　ご主人様！』

『一緒に寝られて嬉しいです。マスター』

そして、元の大きさに戻ったシュガーとソルトの間に埋もれると、そっと意識を手放すのであった。

◇◇◇

その頃、ムスタン王国の国王を暗殺したバーレン教国最強の暗殺者、ヘルは最速で駆け抜け、バーレン教国に入国した。

そして、重要人物しか使えない専用通路を迷わぬ足取りで走り、神殿《しんでん》にたどり着く。

ヘルは許可証を見せ、神殿の中に入ると、いつものように主神《しゅしん》フェリスに祈りを捧げてから、教皇の部屋に入った。

普段は先に協力者であるファルスに報告するのだが、今回は先に教皇に報告しろと、ファルスから言われているのだ。

「教皇様。ご報告に上がりました」

教皇の部屋に入ったヘルは、その場で片膝をついて頭を下げると、そう言った。

「うん。おかえり、ヘル君。それじゃ、早速報告してくれるかな？」

ソファに座る白い法衣を着た、子供のように見える男性——教皇は、興味深そうに問いかける。

「はっ。ムスタン王国の国王の暗殺は成功しました。右腕は失いましたが、これは名誉の傷です」

ヘルは速やかに報告を行った。

「そっか。よかったよかった。これからいいものが見られそうだ。ただ、君が右腕を失ったままっていうのはダメだね。治してあげるよ」

報告を聞いて教皇は楽しそうに笑うと、立ち上がった。

そして、ヘルの前に立つと、ヘルの右腕の付け根に手をかざす。

「《慈悲《じひ》》」

教皇がスキルを発動すると、ヘルの右腕の付け根が光った。

かと思えば、ぐぐぐっと右腕が再生していき、僅か数秒で完全に元に戻った。

欠損した部位が高速で再生したことに、ヘルは目を見開き、唖然とする。

教皇が凄い人だとは知っていたが、まさかこれほどの奇跡を起こせるとは、思っていなかったのだ。

「これでよし。それじゃ、ファルス君のところに行っていいよ。僕はもうちょっとしたら出かけてくるから」

唖然とするヘルをよそに、教皇はそう言うと、ソファに戻った。

「……ありがとうございます。それでは、失礼しました」

ヘルは冷静さをすぐに取り戻すと、立ち上がった。

そして、深く頭を下げると、速やかに部屋を出て行く。

「……さて、僕も仕事を終えたらムスタン王国にいくか。大混乱中の国は、見てて面白いからね～」

部屋に残された教皇は一人、愉快そうに笑うと、書類に手を伸ばすのであった。

◇　◇　◇

次の日の早朝。

ほぼ同時刻に目を覚ました俺たちは、手短に朝食を済ませると、またもや話し合いをするために席に着いた。

またかって思ってしまったが、それだけ重要なんだと、自分を納得させる。

「さて、間もなく八時になる。レイン。シルビアのもとへ行き、情報共有をしてきてほしい」

そう言うエルメスの手に握られているのは、アレンがつけていた魔導腕時計《まどううでどけい》だ。

日本では比較的安価で買うこともできる腕時計だが、この世界では非常に高額。

上級貴族でも簡単に手を出すことができない高級品だ。

ちなみにエルメスとトールもつけていたが、牢屋に入れられる時にゼロスに取られてしまったらしい。

「わかった。じゃ、早速行ってくる。《長距離転移《ロングワープ》》」

俺はエルメスの言葉に頷くと、王城にあるシルビアの部屋へ転移した。

「来ましたか、レイン殿」

するとそこには、少し前から俺が来るのを待っていたと思われるシルビアが、品のある佇《たたず》まいでこちらを見ていた。

シルビアには長寿仲間《ちょうじゅなかま》として、ちょっと親近感が湧いてくるような、こないようなって感じだな。

「ああ、来た。それじゃあ、情報共有といこうか」

そう言って俺がひらひらと見せるのは、エルメスからもらった国の紋章《もんしょう》が刻まれたバッジ。

俺がエルメスの使者であることを示すものだ。

「わかりました」

それをちらりと確認したシルビアは、机の上に置かれていた数枚の書類を手に取ると、口を開いた。

「まず王城内を隈なく調べた結果、証拠はいくつか出てきました。あいつは詰めが甘いですね。あと、神聖バーレン教国と接触する件ですが、流石にこれは神聖バーレン教国によって巧妙に隠されているようで、非常に苦労しました。まあ、ゼロス殿下が無能だったおかげで、結局見つかったんですけどね」

淡々と報告を済ませたシルビアは、手に持つ数枚の書類を俺に手渡してくれた。

んー……なんか、『あいつ』とか『無能』とか言う瞬間だけ、やけに冷ややかだが……突っ込むのはやめておこう。

突っ込んだらダメだと、俺の勘が告げている。

「なるほど……わかった。それで、次は約束通り十三時にここでいいか？」

「いえ、その書類を読めばわかると思いますが、どうやら接触は本日九時に王族の脱出用地下通路で行われるようです。ですので、早急に来てください。既に映像記録《シーン・レコード》の用意も済んでいますし、ここへ人は来ないようにしていますので」

わぁ、凄い。準備万端だ。

てか、接触流石に早すぎね!?

いやまあ、ゼロスに反発する勢力が動くよりも先に接触したいと思う気持ちはわからなくもないけどさぁ……

なんか、神聖バーレン教国って普通に有能集団の集まりじゃね？

いや、高レベルの空間魔法が使えるあのクソ教皇がいる以上、案外力で部下を従えてるのかな？

「なるほど。わかった」

「はい……それで、レイン殿に聞きたいことがあります」

「ん？　何？」

俺はいきなりの質問を怪訝《けげん》に思いながらも、続きを言うよう促す。

シルビアは少し間を置いたあと、口を開いた。

「レイン殿は何が目的ですか？　何を思って、エルメス殿下に手を貸しているのですか？」

その言葉には、嘘偽りは許さないという、確固たる意志が込められていた。

ふむ……まあ、警戒されるのは仕方ないか。

そういえば、トールにも自分たちの味方なのか聞かれたな。

「そうだな。最初は面倒ごとに巻き込まれる前に、他国に行こうと思ってた。だが、バーレン教国が絡んでいるらしいってわかった瞬間、手を貸そうと決めた。あいつらの思い通りには、させたくないからな。だから、そっちが敵対しなければ、俺も敵対しない。そういう感じだ」

「……わかりました。説明していただき、ありがとうございます。一旦、話は以上です」

トールの時と同様、本心を告げた。

するとシルビアは俺の瞳をじっと見つめたあと、そう言って頷いてくれた。

どうやら、信じてくれたみたいだ。

「ああ。んじゃ、また来る」

俺は《長距離転移《ロングワープ》》を発動すると、家へと帰るのであった。

「よっと。エルメス殿下。これを」

「おお、帰って来たか。ありがとう」

そして、エルメスに書類を手渡した。

エルメスは慣れた様子で転移してきた俺を見ると、俺が持つ書類を受け取った。

そして、トールとアレンと共に内容を確認していく。

ああ、ちなみに俺はエルメスに渡す瞬間に《思考加速《しこうかそく》》と《並列思考《へいれつしこう》》を同時に使ったお陰で、一瞬で一通り読み終えたよ。やっぱ便利だな、このスキル。

そう思っていると、どうやらアレンは《思考加速《しこうかそく》》、エルメスとトールも同様のスキルを使ったようで、俺ほどではないが結構早く内容を読み終えた。

そして、エルメスが口を開く。

「なるほど。まさかここまで、ゼロス……いや、神聖バーレン教国の動きが速かったとはね。あと少し遅かったらと思うと、ゾッとするよ。だが、これは裏を返せば事態をすぐに解決できるということだ。では、即座にシルビアのもとへ向かうとしよう。向かうのは、私とレイン。トールとアレンは、ここで待機しててくれ」

「承知しました。エルメス殿下」

「わかりました。エルメス兄上」

エルメスの言葉に、トールとアレンは素直に頷く。

ここで待つのは、当事者である彼らにとってはもどかしいだろうが、迅速《じんそく》な動きが求められるであろう時に、言っちゃ悪いが足手まといを連れていくことはできないからな。

ただ、政治的な云々《うんぬん》でエルメスはいたほうが都合がいい……といった感じか。

それだったら、シュガーとソルトもここに待機させておくとしよう。護衛にもなるし、アレンの精神安定剤にもなるし。

そう思った俺は、小さくなった状態で床にゴロリと転がるシュガーとソルトに声を掛けた。

「シュガー、ソルト。悪いけどまた、ここで護衛を頼む」

『もちろんです！　ご主人様！』

『了解しました。マスター』

俺の頼みを、二匹は快く引き受けてくれた。

ありがたい。ただ、最近共にいられる時間が少なくて本当に申し訳ないな。

終わったら、絶対に王都で一緒に遊ぼうな。

そう、心に決めた俺はエルメスを見やった。すると、エルメスが口を開く。

「では、頼む」

「ああ。《長距離転移《ロングワープ》》」

俺はエルメスの言葉に頷くと、再びシルビアの部屋へ転移するのであった。

「エルメス殿下。ご機嫌麗《うるわ》しゅうございます」

すると、部屋にいたシルビアがめちゃくちゃ丁寧な仕草で礼をした。

俺の時とは雲泥《うんでい》の差……まあ、身分が違いすぎるからね。これが普通だ。

「ああ、シルビア。よく、ここまで情報を集めてくれた。では、時間も押していることだし早速始めようか」

「承知いたしました」

エルメスの言葉に、シルビアはそう言って頷くと、机の上に置かれていたものを手に取った。

手のひら程の大きさの丸くて透明な水晶と、その水晶を包み込む金属製の金具。

もしかして、これは――

「こちらが、映像記録《シーン・レコード》の魔道具になります」

「ああ、それもありがとう」

やっぱり映像記録《シーン・レコード》の魔道具だ。

これで、ゼロスが神聖バーレン教国の使者と密談する瞬間を動画として記録できれば、大きな証拠となる。

「それで、今の時刻は……八時十八分か。多少前後はするだろうし、そろそろ向かったほうがいいだろう」

「はい。経路も問題ありません。途中までは転移で行き、そこからは歩いて行きましょう」

「了解だ。レインも、把握したか？」

「あ、ああ。もちろんだ」

俺は頷くと、エルメスに促されるようにして一歩前に出た。

そのあと、シルビアによって独自改変された転移魔法によって、一階の空き部屋に転移した俺たちは《気配隠蔽《けはいいんぺい》》の魔道具を発動させると、やけに人通りの少ない城内の廊下を歩き出す。

「……本当に、人いないんだな」

「ああ。グライのお陰だね」

俺がぼそりと零した言葉に、エルメスが同意して頷いた。

この状況はシルビアの策略のおかげもあるが、グライが「今はこの配置のほうがいい！」と騎士団や警備隊に言ったからだそうだ。

普通なら、根拠とか色々と聞かれるのだろうが……

グライは「勘！」と言っただけで、それで押し通るというのだから、なんと言ったらいいのやら……

まあ、凄い人なんだよ。本当にね。

自然と付き従ってしまうような、風格とでも呼べるものがあるのではないかと、俺は思った。

そう思いながら、閑散《かんさん》とした王城の廊下を慎重に歩き続けること、約十分。

ある部屋の前で立ち止まったシルビアは、そこのドア……ではなく、ドアの横にある壁の装飾に手をやった。

そして、その装飾を上に動かすと、そこに縦横一メートルほどの通路が出現する。

「では、ついてきてください。あと、このことは他言無用でお願いします。レイン殿」

「ああ、無論だ」

流石にこれを他者に言ってはいけないことは、俺でもわかる。

そう思いながら、俺はシルビア、エルメスのあとに続いて中へ入る。

「ほぉ……」

通路の出入り口をすかさず閉じた俺は、下へと続く階段を見て、思わず声を漏らす。

シルビアが持つ魔石灯《ませきとう》によって照らされたその階段は、なんというか……雰囲気がある！

これぞ中世ファンタジーって感じだな！

なんか厨二心がくすぐられる……！

「……レイン……？　何かあったのか？」

すると、こっちを振り向いたエルメスが、困惑したような顔でそう言った。

あ、やべっ。

「いや、なんでもない。少し緊張してきただけだ。先に行こう」

俺は全力で興奮を抑え込むと、可能な限り平静を装いながらそう言った。

俺は心を落ち着かせると、二人に続いて階段を下り始めた。

《消音《サイレント》》の魔道具を使っているため、足音でバレる心配もない。

そうして下り続けると、やがて下水道のような地下通路に出た。

「……あ、白騎士二人の気配がするな。そしてその先に一人の……ゼロスの気配だな」

ここで忘れてたとばかりに《気配感知《けはいかんち》》を使った俺は、このまま五百メートル程進み続けた先にそいつらがいるのを感知し、そう言った。

だが、それは既に二人も想定していたようで、特に驚くことなく口を開く。

「もう、あの場所にいるのですか。ですが、問題はありません。白騎士は《洗脳《せんのう》》のせいで思考が鈍っているので、余程のことがない限りは見つからないかと思います」

「そうだね。不安なのは、神聖バーレン教国側……かな。十中八九感知能力の高い人が来るだろうから、注意が必要だ」

そんな二人の言葉に頷きつつ、俺はどんどん地下通路を進み続ける。

そして、ついに白騎士が視認できるところまで来た。

ちなみにゼロスは、白騎士二人がいる場所を曲がったところで、待機している。

「よし。あとは、ゼロスが神聖バーレン教国の人間と接触した瞬間に、レインが白騎士を押さえ、シルビアが魔道具で記録しつつ、ゼロスや神聖バーレン教国の使者を押さえる。そして私が、後方から一部始終を見守る。いいね?」

通路の陰に隠れながら、超小声でそんなことを言うエルメスに、俺とシルビアは揃ってこくこくと頷いた。

そして、あとはその時が来るまで、息を潜めて待つだけだ。

◇　◇　◇

「ちっ……くそだりぃ……」

王城地下にある、王族脱出用地下通路で佇みながら、愚痴を零すゼロス。

当然だ。なんせ昨晩は、逃げ出したエルメス、トール――そしてアレンのことが気がかりで、全然眠れなかったのだ。

もし、何かされたら……そんな最悪な状況を考えるたびに、ゼロスは眠気から覚めてしまった。

だがそれでも、ゼロスはやるしかなかった。

「来ていましたか。元気そうで何よりだ、ゼロス殿下」

そう言って姿を現したのは、神官服を雑に着こなした筋骨隆々な大男――神聖バーレン教国のファルス・クリスティン枢機卿だ。

「今は王太子と呼べ」

「おっと、それは失礼したな。ゼロス王太子殿下」

ファルスの言葉に、不機嫌そうに訂正を求めるゼロス。

そしてファルスは、大仰に両手を広げながらそう言った。

（ふん。でかい顔していられるのも今のうちだ。いずれ、滅ぼしてやるからよ）

そんなファルスを、ゼロスは内心冷ややかな目で見る。

だが、一応王族と言うべきか、外見を取り繕う術《すべ》は大したもので、すぐに不機嫌そうな様子は消し飛び、代わりに笑みが張り付けられた。

そして、そんなゼロスをファルスは――

（ここまで馬鹿だと、怒りじゃなくて呆れるんだよな。教皇様が全部見通してること、知らんのか？）

怒りを通り越した呆れの目で、見ているのだった。

だが、ファルスは自分の掌の上でゼロスを転がしていると思うと、なんだか愉快な気分になってくる。

早く、全てを知った時のゼロスの顔が見たいものだと思いながら、ファルスは本題に入る。

「まあひとまず、これが教皇様からいただいた、和平条約を結ぶ上での……」

ここで、ファルスは眉をひそめた。

そして、そんなファルスを見て、怪訝そうな顔をするゼロス。

ファルスはゼロスを一瞥すると、告げる。

「お前さ、変なもん引き連れて来るんじゃねぇよ」

「は？」

なんの脈絡もなく紡がれたファルスの言葉に、口をポカンと開けるゼロス。

直後――

《解呪《ディスペル》》――そして眠ってろ！」

「がはっ！」

「ぐはっ！」

突如聞こえてきた若い青年の声と、二人の男のうめき声。

そして――

ガアアアアァァァアン！

「んな……⁉」

吹き飛ばされてゼロスの足元に横たわる二人の男。

それは――白騎士だった。

王を守護する要《かなめ》の、白騎士だ。

「なっなっ……」

ゼロスの理解が追いつかない中、優秀な戦士であるファルスは、冷静に状況を分析していた。

(ちっ、魔法師団長が来やがったか。そして、奥に見えるのはエルメス)

それだけなら問題ない。

この狭い通路内であれば、世界最強格の魔法師であるシルビアもそう時間を掛けずに殺せるとファルスは思った。

しかし――

(レイン。何故お前が、ここに……!?)

白騎士二人を一瞬で無力化し、漆黒の剣を片手に悠然と歩み寄って来る白髪蒼眼の男。

前に戦い、ファルスを圧倒した化け物。

「ちっ、悪いが、失礼するかっ！」

ここで終わるわけにはいかない。

その思いを胸に、ファルスは転移の魔道具を使おうとする――が。

「また会ったね、ファルス。悪いが、二度目はないよ」

「んな……!?」

ファルスは気づけば転移によって一瞬で距離を詰められ、魔道具を持った右手を万力の力で掴まれていた。

「はあっ！」

「がはっ！」

そして、百メートル近く後方へ、勢いよく投げ飛ばされる。

地面は砕け、手首は折れ、その衝撃で手に持っていた魔道具はどこかへと転がっていく。

「くっ……クソがっ！」

だが、その程度で死ぬほどファルスは弱くない。

これでも教国最強クラス――レベル９４５、そして王級天職の拳王《けんおう》を持っているのだ。

ファルスは体を起こすと、左手でレインに殴りかかる。

しかし。

「無駄だ」

「がはっ！」

あまりにも軽く、ファルスは転がされ、無様に地面と口付けをする。

（くっ……こんなの、いつぶり、だっ……）

素早く立ち上がり、構えながら、ファルスはそんなことを思った。

負けたことは、当然ある。撤退したことも、当然ある。

だが――蹂躙《じゅうりん》は初めてだった。

いや、子供の頃を含めれば初めてではない。

だが、こうして自らの夢――世界を我が国のものにする――を成し遂げるために、弱者から強者へ変わったファルスに、蹂躙されるなんて言葉は存在しなかったのだ。

「すんでのところでずらしたか。しぶといな」

一方、相変わらず無傷のレインは、強者として弱者であるファルスを見ていた。

「ふざけるなあああ！」

それがファルスを怒らせた。

（ふざけるな、ふざけるな！　俺は常に、強者であり続けなければならないんだ！　でなければ、俺は夢を成し遂げられない！）

ファルスは吠える。吠え続ける。

そして――強者へと返り咲くべく、今まで以上に闘気を漲らせると、地を蹴った。

「《身体強化《しんたいきょうか》》《拳神化《けんしんか》》《思考加速《しこうかそく》》《限界突破《げんかいとっぱ》》！」

スキルを発動させ、荒れ狂うファルスの様はまさに修羅《しゅら》。

目標を見失ってしまった、盲目的なファルス渾身《こんしん》の一撃は――

「見事だ。だが、気迫だけで勝てるわけないだろ」

「がっ！」

猛烈な左ストレートを繰り出すレインによって、破られてしまった。

みぞおちを殴られ、サッカーボールの様に地面を跳ねて転がるファルス。

「ま、だっ……俺は、強く……強く……」

だがそれでも、ファルスは執念で立ち上がり、突撃する。

「お前は、輝かしい目的のために力をつけていたのだろう？　だが、いつからそうなった。いつから――弱くなった？」

そんなファルスと打ち合いながら、レインはポツリと言葉を漏らす。

「っ――⁉」

まるで何かを見透かしたようなレインの言葉に、ファルスは戦闘中であるにもかかわらず、息を呑んだ。

そんなファルスを見て、レインは嘆息すると、言葉を続ける。

「極めたせいか、わかるんだよ。お前が戦う理由が」

直後。

ドオオオオン！

凄まじい轟音。

そして――

「が、はっ……」

地面に叩きつけられたファルスは、今度こそ動けなくなる。

（……国が一つだったら、俺の家族は、死ななかったんだ……だから、力で一つに、した、かっ……）

そこで、ファルスの意識は途絶えてしまった。

レインがファルスを倒した直後。

「エルメス殿下。映像記録《シーン・レコード》で無事、記録できました」

「そうか。それならよかった」

シルビアとエルメスは、ゼロスの前に立った。

「第二王子、ゼロス！　貴様を反逆罪と国家重要人物殺害を含む複数の容疑で捕縛する！」

そして、エルメスは普段の温厚な雰囲気からは想像できない程厳しい顔で、そう言い放った。

すると、その言葉でようやく我に返ったのか、ゼロスは憎悪《ぞうお》の表情を浮かべながら喚《わめ》き出す。

「うるせぇ……うるせぇ！　うるせぇ！　うるせぇ！　お前らは親父の、俺に対する評価を知らねぇのか？　それとも目ぇ逸らしてんのか？　おい！　答えてみろよ！」

ゼロスの怨嗟《えんさ》の叫び声に、エルメスは言葉に詰まる。

だが、すぐに目つきを鋭くすると、口を開いた。

「お前が生まれ持っていたスキル――《洗脳《せんのう》》。それを使うことで、父上はお前が民を洗脳する王子だと思われてしまうことを恐れたんだ。だが――お前はその言葉を一切聞き入れることなく、物心がつくようになってからも構わず使った」

淡々と、エルメスは事実を告げる。

「確かに、父上は少し過剰すぎた。父上にも落ち度はある。そして私も、アレンも、そんなお前に手を差し伸べられず、気づけば手遅れなまでに溝《みぞ》は深まっていた。だが――それを免罪符に、なんでもしていいわけではないぞ！」

「っ……！」

申し訳なさげな顔をしたあと、怒りをあらわにするエルメスに、思わず息を呑むゼロス。

そうだ——エルメスは怒っているのだ。

大切な——愛する父を殺した弟を……いや、違う。

それだけではない。

「……なぁ。国王殺しなんてしたら、俺はお前を殺さなくてはならないんだぞ……いつか家族皆で、笑い合う日を目指してたのに。もう、叶わないではないか……俺は——もっと早く行動しなかった自分に一番、怒ってるよ……」

「エルメス殿下……」

ここでしか言うことのできない、エルメスの本心が今、涙ながらに零れ落ちた。

そして、そんなエルメスを見て、思わず目を伏せるシルビア。

そんな二人を前に、黙り込んだゼロスが見せたのは——

「……はっ、そうか」

嗤《わら》いだった。嘲笑だった。

「あのなぁ。大体、相容《あいい》れない仲なんだよ。王族の兄弟ってのはな。お前らが仲良すぎんだよ。考えていることが、俺とお前らじゃ正反対だ。それに、俺が持つ憎しみは、もう一生変わることがない！　だがな——そんなお前らに憧れていなかったと言えば、嘘になる」

ゼロスは笑った。

そして——すかさず自身の右胸に短剣を突き刺した。

バタリ。

「なっ⁉」

「ゼロス殿下⁉」

ゼロスが仰向けになって倒れると同時に、思わず駆け寄るエルメスとシルビア。

「何故だ！」

叫ぶエルメスに、ゼロスは最後の力を振り絞って言葉を紡いだ。

「だって、おま……ああは、言ったが……俺を殺せん、だ、ろ……がはっ……？」

「っ……！」

図星だった。

エルメスとアレンは、きっとゼロスを生かす道がないか探してしまう。

そして、それは貴族から不信感を抱かれることに繋がりかねない。

それを知っての最適解――自害。

「俺もな、国を……がはっ……思っ……が、はがはっ……」

「ゼロス！」

こうして、王国史に残る反逆事件を引き起こしたゼロスは、息を引き取ったのであった。

「エルメス……」

レインは倒れるゼロスと泣くエルメスを見て、言葉を漏らした。

◇　◇　◇

国王殺害の事件から二週間が経った。

地下通路から戻ったあと、エルメスは速やかにトールたちと共に王国民へ真実を伝えた。

ゼロス第二王子と神聖バーレン教国が共謀《きょうぼう》して、国王を殺し、更にその罪をエルメス第一王子とトール宰相に被せようとした……と。

証拠を揃えていたお陰で、スムーズに事は運んでいるらしい。

気がかりだったのは、ゼロスが死んでエルメスとアレン——特に目の前で死なれたエルメスはかなり落ち込んでいたことだ。

しかし、流石は王族というべきか、もう気持ちの整理が付いたらしい。

今は山盛りてんこ盛りな仕事を、皆で協力して必死に捌《さば》いているようだ。お疲れ様です。

ああ、そうそう。なんだかんだ白騎士も結構大変だったんだよね。

二人は、ゼロスが実は本当の国王暗殺事件の首謀者で、自分たちがゼロスに洗脳され協力していたと知るや否や、いきなり自殺を図った。

「この命をもって償います！」と言って剣を自分の首に突き刺そうとしたのだ。

咄嗟に俺が二人の剣を回収して止めたのだが、その時のエルメスとアレンの慌てようといったら凄かったよ。

心配する気持ちもあっただろうが、それよりもここでレベル８００超えの騎士を二人も失うのは国として、非常にまずいのだ。

エルメスは「償いたいのなら、白騎士として、生涯私に尽くせ！　国王となる私の役に立つんだ！　それこそが、お前たちにできる唯一の償いなんだ！」って力説してた。

それで、なんとか自殺を思いとどまらせることはできたんだけど……

どうやら白騎士は『大罪を犯した私たちを生かし、白騎士の身分もはく奪せず、償いの機会を与えてくださるなんて、なんと寛大なお方だろう！』と思ったみたい。

それで、今やエルメスとアレンのことを慕うどころか崇拝しちゃってるんだよね。

流石にそれにはエルメスも苦笑いしてたけど……まあ、いい部下を持ったねとだけ言っておいた。

そして、俺はというと、事態が解決してからはここ最近色々ありすぎた反動からか、ずっとのんびりと過ごしている。

ニナと共に、短時間でサクッと終わる依頼を受けてそこそこの金を稼ぎ、あとは自由にごろごろ怠惰に過ごす。そんな毎日だ。

この生活も悪くないと思っている。

まあ、しばらくしたらどうせレベル上げたい病を発症することになりそうだけど。

今日になって、ようやく余裕ができたのか、俺にエルメスからの手紙が届いた。

手紙には、礼がしたいから王城に来てほしいと書かれている。

「よし。今日はちゃんと正規ルートで王城に入るか」

城門を通らずに、転移で王城に不法侵入した回数のほうが多いなぁと思いながら、俺は王城へ向かう。

「ああ！　あれ美味しそう！」

「ソルト。マスターの都合を考えなさい」

「シュン……」

道中、ソルトが露店に向かって走り出し、それをシュガーが止める。

そんななんとも微笑ましい光景が見られた。

今では、もうまれにしか見られないが、こういう光景を見ると、シュガーとソルトが親子であることを実感する。

そんなことがありつつも、王城にたどり着いた俺は、騎士にエルメスからもらった手紙を見せて、中に入れてもらう。

シュガーとソルトの入城も許可すると手紙に書かれているので、今回は二匹も問題なく入れる。

その時、騎士は俺を見てかなり驚いていた。

まあ確かに、ぱっと見では俺って普通の冒険者だからな。常に自然体であるせいか、俺が強いことを見抜けるやつはかなり少ない。

そのせいで、若干疑われてしまった。

「その方はAランク冒険者のレイン殿だ。通しても大丈夫だ」

しかし俺のことを知っている騎士が、そっと耳打ちしてくれたお陰で入ることができた。

そのあとは騎士の案内で、王城内に入り、そのまま客室へと案内してもらう。

コンコン。

「レイン様をお連れしました」

「ああ。入れてくれ」

中から聞こえて来た威厳があるエルメスの声を合図に、俺は客室の中に入った。

「久しぶり……って、随分と顔色悪いなぁ」

客室に入った俺はソファに座ると、疲れ気味な顔をしているエルメス、アレン、トールを見て、思わずそんな言葉を口にする。

「ああ、流石にわかるか。これでもだいぶよくなったほうなんだけどね」

そんな俺の言葉に、エルメスは苦笑いをしながらそう答えた。

「流石に僕も疲れました。でも、お陰で仕事はほとんど片づいたので、しばらくはゆっくりできそうです」

一方、アレンは嬉しそうにそう言う。

すると、そこにエルメスが突っ込む。

「アレンはそうなのだが、私にはまだ国王即位式という大行事が残っているのだぞ」

「それは僕が手伝えることではないので……まあ、頑張ってください」

こうして見てみると、この二人は本当に仲がいいなぁって思う。

これも見てて微笑ましいな。

それにこの様子なら、本当にもうあの件を引きずっていないようだ。

「まあ、ここ二週間は色々あって大変だったが、なんとか片づき、残るは三日後に行われる国王即位式のみだ。では、遅くなってしまったが、レインに報酬を渡したいと思う。ひとまず、金を渡させてくれ」

そう言って、エルメスはソファの後ろに控える白騎士に目配せをする。

すると、二人の白騎士は革袋を一袋ずつ持って前に出て、テーブルの横にそっと置いた。

「その中には白金貨五十枚と金貨百枚がそれぞれ入っている」

エルメスの言葉を聞き、俺は思わず目が点になる。

ちょっと待て。エルメスは今、それぞれと言わなかったか？

てことは――

「つまり、白金貨百枚と金貨二百枚で、合計十二億セルだ」

「十二億!?」

とんでもない額に、俺は思わず裏返った声で絶叫する。

ちょっと恥ずかしい。

「ははは、レインの驚く姿を見れるとは。これだけ用意したかいがあった」

エルメスはそんな俺を見て、楽しそうに笑いながらそう言った。

「笑うなよ……でも、本当によくこれだけの額を集めたな」

笑うエルメスに呆れつつも、俺は感嘆の息を漏らす。

なんせ、俺の活躍は誰にも伝わらないようにしてほしいとあらかじめ言ってある。公にできないから、国からの報酬として、国庫から出すことができないのだ。国庫の使用内訳を秘匿することはできないからな。

そんな中で十二億も出してきたことには、素直に驚くしかない。

一体どこから出したのだろうか……？

「ああ。それについては私とアレン、トールの私財から出した。使う機会があまりなくて、貯まる一方だったからね。これを機に、一気に使ってみるのも悪くないと思ったんだ」

「僕は基本的に本さえあればいいですからね」

「私は、豪奢な生活は好みではありませんので」

三人はそれぞれ、そんなことを口にした。

「まあ……ありがとう」

気前よく、私財から大金を出してくれた三人に、俺は思わず頭を下げて、礼を言う。

「喜んでもらえたようで何よりだ。さて、他に欲しい褒美はないかな？　なんでも叶えてあげるよ。ああ、でも大金は勘弁してほしいかな。もう残ってなくてね」

エルメスはへらりと笑い、そう言った。

「ああ。それなら、権力者からの圧力に対する壁になってほしいな。メグジスと王都の黒い魔物の件で、あれから仕官依頼が大量に来て困ってるんだよね。中には強引なのもあって……それは上手く対処できたけど、どんどん湧いてくるからキリがなくて……」

俺は頭を掻きながらそう言う。

そう。実は、あれからニナの家に貴族の使いが大量に来ているのだ。

断っても断っても来るという地獄の連鎖。

強引な貴族が二名ほどいて、そいつらは聖人君子に生まれ変わらせ対処したのだが、大抵の貴族はちゃんと礼節を守っているので、強引に対処するのには抵抗がある。

いや、もうマジで苦労したよ。

そんな危機的状況をなんとかできるのは、三日後に国王になるエルメスしかいないと思う。

「なるほどね……よし。なら、これを持っているといい」

そう言ってエルメスがテーブルの上に置いたのは、細かい剣と盾の装飾が施されたペンダントだ。

素人目に見ても超高級品だとわかる。

「それはムスタン王国の国王の庇護下《ひごか》にいることを示すペンダントだ。それがあれば、この国の貴族どころか他国の貴族、王族も手を出すことができない。手出ししようものなら、待っているのは破滅だけだからね。だが、我が国と敵対している国ではその効力は絶対ではないから、そこは注意してほしい」

なるほど。ムスタン王国の国王の庇護下にいるから、お前らは手ぇ出すんじゃねぇぞ！　って周りのやつに知らしめるための道具か。

ん～……結構いいな。

これを見せれば、大抵のやつはしっぽ巻いて逃げ出すんだから。

ただ、国王の庇護下に入るってことは、いざとなったら必ずこの国に手を貸さなきゃならないってことなのかな？

それだったら結構めんどいから断りたいけど……

すると、俺の考えを読んだのか、エルメスが口を開く。

「別にそのペンダントを持ってるからといって、何かを要求するつもりはない。当然有事の際には呼ぶが、来るかどうかはレインの判断に任せるとしよう」

お、どうやらデメリットなしでこのペンダントが使えるようだ。

それなら、文句のつけようがない。

「わかった。なら、受け取るよ」

俺はペンダントを受け取ると、さっきもらった金と共に、《無限収納《インベントリ》》に入れた。

「ふぅ。では、私たちはそろそろ行かなくてはならない。まだまだ、やることがあるからね」

そう言って、エルメスらは名残惜しそうにしながらも立ち上がった。

時間ができたって言っても、本当に必要最低限しかないいんだな。

まあ、無理もないか。引き継ぎや準備とかなしで、いきなり国王にならざるを得ない状況になっちゃったんだし。

「では、また会おう」

「レイン殿。ありがとうございました」

「さようなら。また会いましょう、レインさん」

白騎士と共に退出していく彼らを、俺はシュガーとソルトと一緒に、笑顔で見送るのであった。

◇　◇　◇

それから三日後の昼過ぎ。

俺はニナと共に王城前の大通りの端にいた。

周りには人がたくさんいて、ちょっと狭い。

だが、これでもAランク冒険者とメグジスの英雄のダブル名誉パワーによって、社会的な地位がそこそこ高い人しか入れない区画の、それも割といいところにいるのだ。

ちなみに、平民が入ることのできる区画はすし詰め状態になっている。

いや～、名誉パワー様々だな。名誉って足枷にしかならないものかと思ってたけど、意外なところで役に立つ。

「ん～……あ、来るかな……？　あ、違った……」

横ではニナが必死に背伸びしながら王城のほうに目を凝らしている。

心なしかちょっとはしゃいでいるように見えて、なんだか微笑ましい。

「そんなことしなくても、国王が出てくる時には何かしらの動きがあるはずだから、わかると思うよ」

無粋だと頭では理解しつつも、思わずそう口に出す。

すると、ニナはむっと頬を膨らませながら口を開いた。

「それでも、こうやって見たくなるものなの！　レインだって今本気で王城方面の気配を探ってるでしょ？」

「……バレたか」

ニナの言葉に俺はふっと笑う。

いや、まあ……だって気になるだろ？

新国王のお披露目なんてそうそう見られるものじゃないから、一度くらいはしっかり見ておきたいと思う気持ちが俺にもあるんだよ。

それで……ああ、この気配は——

「ほら、やっぱり……あ、そろそろじゃない」

ニナは声を弾ませてそう言う。

「そうだな。いよいよか」

ニナの言葉に笑って頷くと、俺は王城のほうに視線を向けた。

ゴゴゴゴ——

すると、閉ざされていた王城の城門が今、ゆっくりと開かれた。

扉の隙間からは、規則正しく並ぶ騎士の姿が見える。

「お～軍隊みたい……いや、軍だったな」

前世で見た軍の式典を連想した俺は、思わずそんな言葉を呟いた。

城門が完全に開ききったことで、彼らは一斉に動き出した。

ザッザッザッザッ。

一糸乱れぬ動きで大通りを進む彼らには統一性があり、美しく感じる。

これが、団体としても力を発揮する騎士団か。

……おっと。つい癖で彼らの強さを見てしまった。

気楽に新国王の披露を見に来たのだから、もっとゆったりとしていないと。

「さて、新国王は……お、あれか」

一際強そうな騎士に囲まれて進む豪華な馬車。その中には民衆に笑顔を振りまくエルメスとその婚約者——エレン王妃の姿があった。

……いや、二人はこのほんの少し前に王城で結婚式を挙げたから、婚約者じゃなくて妻だったな。

二人は豪華絢爛《ごうかけんらん》な衣装を身に纏っており、そしてエルメスの頭には国王の証たる金の冠が載せられている。

「わ〜、エルメス様とエレン様だ〜」

ニナは背伸びをしながら、ゆっくりと進む馬車に乗る二人に目を輝かせる。

心なしか、エルメスよりもエレン王妃のほうをよく見ているように見える。

同じ女として、エレン王妃が持つ美しさから目が離せないのだろう。

そんなニナに俺は笑顔を見せると、再度エルメスとエレン王妃に視線を向ける。

「……お」

ふと、エルメスと目が合う。

すると、エルメスは柔和な笑みを浮かべ、小さく手を振る。

「……ふっ」

そんなエルメスに俺は微笑すると、応えるようにちょっと大げさに手を振った。

「……いい国王になれよ。馬鹿な真似したら殴りこんでやる」

目の前を通り過ぎるエルメスを見ながら、俺はそう言った。


そして——日が暮れた頃。

新国王と新王妃のパレードが終わった王都では、即位を祝う祭りが始まった。

出店《でみせ》が立ち並び、大道芸人は芸を披露し、皆は楽しそうに騒いでいる。

当然俺もニナ、シュガー、ソルトと共にこの祭りを楽しむつもりだ。

「……美味しい〜」

ニナは出店で買ったスイーツを美味しそうに頬張る。

『ご主人様！　あれ食べたい！』

ふと見てみると、ソルトが出店の肉に目を輝かせている。

普段ならそんなソルトを止めているはずのシュガーだが、今回ばかりは止める気配がない。

「わかったよ。たくさん買ってやる」

そう言って、俺は右手の赤ワインボトルに口をつけると、金を手に取り、歩き出すのであった。

第六章　王都に迫る怪しい陰

すっかり日が暮れた王都。

その一角にある民家の屋根に、国王即位の祭りを眺める十代半ばほどの少年の姿があった。

彼は一見ただの少年に見えるが、その正体はバーレン教国の教皇なのだ。

その少年——教皇は出店で買った串焼きを頬張ると、日が暮れてもなお騒ぎ続ける民衆を眺めながら口を開く。

「まさか大した争いにすら発展せず、たった数日で解決しちゃうなんて。これは流石に予想できなかった」

教皇は不機嫌そうに言う。

教皇の見立てでは、あの状況からならどうやっても内乱には発展していた。

ゼロスがエルメスを処刑したとしても、エルメスが逃げて軍を組織したとしても、逃げたエルメスが暗殺者を差し向けてゼロスを殺したとしても、争いが起きるのは確実だった。

だが、いざ来てみれば事件は既に解決しており、内乱の兆候も一切ない。

内乱、戦争という遊戯《ゲーム》を鑑賞できなくなったことに、教皇は相当不機嫌になっていた。

……ちゃっかり祭りは楽しんでいるが。

「それにねぇ……神聖バーレン教国からの使者ってことで、まさかファルス君を即日処刑しちゃうなんて。ファルス君、好きだったんだよなぁ……」

ひたすらに努力し続けたファルスを、かつての仲間と重ねながら、教皇は深く息を吐く。

そして、もきゅもきゅと頬張っていた串焼きを食べ切ると、その深紅の瞳を大きく開けた。

「流石にそこまで好き勝手するのは、許容範囲外だね。仕事のご褒美たる遊戯鑑賞《ゲーム》なのに、それを台なしにされるのはイラつく」

そして、邪悪な笑みを浮かべながら――

「だから――王族、皆殺しにしよう」

ゾッとするような声で、そんなことを口にした。

「……さてと。そうと決まれば早速……あ、でもその前にもうちょっと串焼き食べてからにしようっと」

だが、途端に子供っぽい雰囲気に戻ると、屋根から飛び下りた。

そして、財布の中から硬貨を取り出す。

「別に僕なら、バレずに盗ることも容易だけど、盗ったものを食べても、美味しくないからねぇ～。こういうのは、自分で稼いだ金で食べるから美味しいんだ」

教皇はそう言いながら、路地裏の外へ出ようとした――次の瞬間。

突然、五人の男が姿を現し、教皇を囲んだ。

「おい。有り金全部出せ。そしたら手を後ろに回して膝をつくんだ。でなきゃ……殺すぞ」

そう言って凄むガラの悪い一人の男は、教皇に短剣を突き付ける。

「そうだぜ。おら！　さっさと出せよ」

「大人しくしてりゃ、命は取らんよ」

そして他の四人は、教皇の背後に回って退路を塞ぐと、威圧感を出しながらそう言った。

一方、そんな彼らを見た教皇は、呆れたようにため息を吐くと、口を開く。

「あのさぁ……邪魔だからどいてくれない？　僕これから串焼きを食べに行くんだよ？」

教皇の言葉と態度に、五人は顔を見合わせると、一斉に噴き出す。

「ぶっは。マジかよ。こんなこと言うやつがいるとは思わなかった……」

「くふっ……まさかこの状況がわからない間抜けがいるなんて……」

爆笑する五人を見て、教皇はより深いため息を吐く。

「なんでそうなるのかな……？　君たちが僕から金を巻き上げようとしていることぐらいわかってるよ。今はお前らゴミを処理する気分じゃないから、さっさと行った行った」

そう言って、教皇はしっしっと追い払うような仕草をとる。

すると、教皇の態度にイラついたのか、五人は一斉に怒気を纏い、声を荒らげる。

「てめぇ……」

「ふざけやがって！」

「潰す！」

そして、教皇に短剣を突き付けていた男は左手で教皇の腕を掴み、そこに短剣を振り下ろす。

死よりも恐ろしい、徹底的な折檻《せっかん》をするつもりだ。

だが――

「イラつく」

教皇は一言そう呟くと、振り下ろされる短剣を右手で摘み取った。

「な……⁉」

ありえない事象に、五人の思考が止まる。

その隙に教皇は短剣を握り砕くと、左手を今なお掴み続ける男を見据え、口を開いた。

「《慈悲《じひ》》――二式《ふたしき》《細胞崩壊《ディストラクション》》」

「な、な、なあ⁉」

教皇の左手を掴む男の手が、パラパラと塵《ちり》となって消えていく。

パラパラ、ハラリ――

男はあっという間に、持ち物と服を残して消えてしまった。

「な、な、な……ひぃ！　化け物ぉ！」

一人の叫び声を皮切りに、四人は一斉に逃げ出す。

だが――

「《慈悲《じひ》》――二式《細胞崩壊《ディストラクション》》」

その言葉と同時に四人の体はパラパラと塵になっていき、消えてしまった。

誰もいなくなった路地裏で、教皇は持ち主を失った服を憐憫《れんびん》の目で一瞥すると、口を開く。

「お前ら如きが僕に勝てるわけがない。この姿ではわからないだろうけど、昔は慈悲《じひ》の勇者《ゆうしゃ》って呼ばれてたんだからね」

そう言い残すと、教皇はその場から立ち去った。

そして、ポツリと呟く。

「なんか、あいつらのせいで食べる気失せちゃったし……気晴らしに今すぐ殺ろうっと」

そして、教皇は——飛んだ。

◇◇◇

「っ……!? 今のは……？」

「どうしたの？ レイン？」

祭りの散策中、高位の転移魔法の気配を感じて、俺は思わず立ち止まった。

ニナが突然止まった俺を心配そうに見るが、俺はそれよりも魔法の主を探す。

「今の、多分あの……あ！」

そして、感知してしまった。

王城内で、あのクソ教皇がエルメス、アレン、トールの三人と対峙していることを——

「すまん、行ってくる！」

「え、ちょ——」

事態は一刻を争う。

そう直感で判断した俺は、すぐさまシュガーとソルトとニナを残して《長距離転移《ロングワープ》》を発動し、王城へ転移した。

「ほらほら、抵抗してみろって？」

「ぐ、うぐぐぐ――」

「う、ぐっ……」

「へい、かっ……」

そこには、傷だらけで転がるアレンとトール。

そして足蹴にされるエルメスと、そんな彼らを嘲笑する白い法衣を身に纏った黒髪赤眼の子供がいた。

ああ、この気配――間違いない。

こいつが神聖バーレン教国の教皇か。

「ん？」

「《次元滅斬《ディメンション・オーバーブレイク》》」

ザザザザザザザン――！

俺は次元ごと斬り刻んで、教皇をサイコロステーキにしてやった。

そして、転移魔法を使って三人を俺の近くへ避難させる。

「《超回復《ハイ・ヒール》》……大丈夫か？」

俺は三人を手早く治療し、そう言って優しく介抱した。

「あ、ああ……感謝する」

「ありがとうございます。レインさん」

「レイン殿。ありがとうございます」

三人はよれた衣服を直しながら、礼をする。

「ああ。別にそこまで……んん？」

これで一件落着かと思った矢先、眼前で想定外の出来事が起きた。

なんと——

「驚いた。まさか、空間ごと斬るとはね」

無傷の教皇が佇んでいたのだ。

それには、三人も息を呑む。

すると、《神眼《しんがん》》を持つアレンが声を上げた。

「ええ⁉　……な、どういう、こと……⁉」

信じられないと言いたげな目で、アレンは教皇をまじまじと見つめる。

一方、そんなアレンの様子を見て、教皇は自身のステータスが見られたことを悟ったのか、嗤いながら言葉を紡いだ。

「おー、凄い。んーと、久々に使うな。《鑑定《かんてい》》……っと。ああ、なるほど。天職が鑑定王なのかぁ。それは珍しい。見るのは君で三人目だ」

教皇はアレンのステータスを見ると、そう言ってわざとらしくパチパチと手を叩く。

「どうした？　アレン！」

状況を知るべく叫ぶエルメスに、アレンはこくりと頷くと、開示能力を使って教皇のステータスを俺たちにも見えるように表示した。

すると、そこには驚くべき結果が映し出された。


【？？？】
・年齢：解析不能　・性別：男
・天職：勇者　・種族：改造人間　・レベル：8432
・状態：健康

〈身体能力〉
・体力：解析不能　・魔力：7589000／7589000
・攻撃：解析不能　・防護：682490　・俊敏：解析不能

〈魔法〉
・光属性：レベル10　・闇属性：レベル10
・無属性：レベル9　・時空属性：レベル9

（パッシブスキル）
・精神強化：レベル9　・魔力回復速度上昇：レベル10
・物理攻撃耐性：レベル7　・魔法攻撃耐性：レベル7
・状態異常耐性：レベル6

（アクティブスキル）
・聖剣召喚《せいけんしょうかん》：レベル8　・慈悲：レベルMAX　・限界突破：レベル8
・体術：レベル6　・鑑定：レベル7　・思考加速：レベル10
・気配察知：レベル8

（称号）
・召喚されし勇者　・慈悲の勇者　・最弱の勇者　・邪龍殺し
・救世の勇者　・最強の勇者　・神聖バーレン教国教皇　・神級魔法師
・神級魔法陣解析者　・神級魔法創成者《しんきゅうまほうそうせいしゃ》　・壊す者　・孤独　・享楽者
・概念干渉者《がいねんかんしょうしゃ》

「勇者……だと!?」

何故そんな昔の人間が、今なお生きて、そしてこんなことをしているのだ？

ここにいる全員が目を見開いて、思考の波に呑まれる中、教皇は笑いながら答え合わせをする。

「かつて邪龍を殺し、世界を救った七人の勇者。その一人——慈悲の勇者がこの僕だ。僕の正体を自力で見破ってくれたのは、君で二人目かな？」

そう言って、教皇は楽しそうに笑う。

おーいおい。マジかよ。

流石にこのステータスの相手と戦うとなると、俺とてそれなりに本気を出さざるを得ない。

そうなると、周辺の被害がとんでもないことになる。

そう思っていると、こんな状況でも冷静に佇む国王——エルメスが、教皇へ問いを投げかけた。

「慈悲の勇者様。何故、このような仕打ちをなさるのか、この私に教えてくださらないでしょうか？」

エルメスは相手が世界を救った勇者ということもあってか、国王であるにもかかわらず、最大限の礼節をもって話す。

そんなエルメスの話を「ふむふむ……」と、顎に手を当てながら聞いていた教皇は、少し冷ややかな瞳をしながら黙り込んだあと——嗤った。

「あのね。仕打ちも何も、折角ファルスたちが頑張ってセッティングしてくれた内戦遊戯《ゲーム》を台なしにしてくれた君たちに怒るのは、至極真っ当だろう？」

そして、平然とそう言ってみせた。

その瞬間、俺は頭の中にフェリスのある言葉がよぎる。

『自分らしさを忘れずに数千年生きる。それは、意外と難しいことなんですよ。大抵の者は、それだけ時が経てば、かなり変わります。いい方向に変わる者もいれば、悪い方向に変わる者もいる』

……ああ、なるほど。

つまりこの教皇――いや、慈悲の勇者は時が経ちすぎたせいで、壊れてしまったってことか。

悪い方向に、変わってしまったということか。

「……だが、だからといって同情する気はない」

そう言って、俺は一歩前に出ると、慈悲の勇者に告げる。

「なんとなく、お前のことはわかった」

だがな――

「世界を、秩序を、壊すなよ」

直後、俺は神速の抜刀と同時に慈悲の勇者へ肉薄した。

そして、その無防備な体を今度こそダークで細切れにする。

しかし――

「えぇ……なんか君、強すぎない?」

次の瞬間、そこには無傷の慈悲の勇者が、少し驚いたような表情で立っていた。

だが――今のでわかった。

どうやらこいつは、瞬きするよりもずっと速い速度で、体を魔法で再生したのだ。

その再生能力――俺を上回るか。

すると、背後からアレンの声が飛んでくる。

「レインさん！　慈悲の勇者は救恤《きゅうじゅつ》の勇者と同様、回復特化の勇者です！　ですが、大勢をまんべんなく癒すことに特化した救恤の勇者に対し、慈悲の勇者は個人に特化しています！」

なるほど。回復系の勇者なのか。

俺は納得しつつ、すぐさま斬り刻む――だが。

「凄いねぇ……」

俺は思わず声を漏らした。

こいつは斬られたその瞬間から体を再生し、はたから見ればもはや俺の剣撃は一切効いてないように見える。

つーか、服も治ってるな。どういう原理だ？

そうして斬り刻みながら色々と分析していると、いきなり慈悲の勇者が《鑑定《かんてい》》してきた。

《妨害《ジャミング》》を常時使っているのだが……どういうわけか、アレンの時と同様すり抜けられた。

なんか、普通の《鑑定《かんてい》》と魔力の波長が違ったな。

そう思っていると、俺の実力の一端を垣間見た慈悲の勇者が、その目を見開いた。

そして――

「ああ、なるほど。あの女神、とうとう僕を本気で処理しにきたのか」

そう言って嗤った。

直後、慈悲の勇者の威圧感が一気に膨れ上がる。

「僕さ、死ぬわけにはいかないんだよ。だから——ここでお前を殺してやる！」

「ちっ、本気になったか。《次元破壊《ディメンション・ブレイク》》」

そして、俺たちは衝突した。

俺が初めに次元を破壊し、慈悲の勇者を跡形もなく破壊する——

だが、飛び散った血を起点に、即座に慈悲の勇者が全身を復元する。さらに俺に手をかざし、魔法を唱える。

「《慈悲《じひ》》——二式《細胞崩壊《ディストラクション》》！」

「っ⁉」

直後、自身の細胞一つ一つがバラバラにされる感覚に陥る——だが、すんでのところで魔力をまとって妨害したことで、左腕を失う程度で済んだ。

「ちっ、《常時超速再生《オート・フルリバース》》」

そして、すかさず慈悲の勇者の劣化版みたいな回復で難を逃れると、そこから更にスキルや魔法を繰り出す。

「《身体強化《しんたいきょうか》》《時空支配《クロノス》》《思考加速《しこうかそく》》、《並列思考《へいれつしこう》》」

「へぇ。《体術《たいじゅつ》》《思考加速《しこうかそく》》《気配察知《けはいさっち》》《身体強化《しんたいきょうか》》」

慈悲の勇者も、俺に合わせるようにしてスキルや魔法を使った。

互いに膨大な魔力量を持ち、更に魔力回復能力も高い。

これは嫌でも長丁場になりそうだと思いながら、俺はダークを抜くと、慈悲の勇者に斬りかかる。

「《慈悲《じひ》》――三式《さんしき》《鮮血武具《ブラッド・ウェポン》》」

慈悲の勇者は俺に斬り刻まれながらも、さっきと同様、奇妙な詠唱をした。

直後、慈悲の勇者の周りに出現する、大量の深紅の液体――血。

それが無数の刃となって、多方面から俺に――そして後ろにいるエルメスたちに飛来した。

「ちっ、やりづらいな。《転移門《ゲート》》」

他者や王城がどうなろうが知ったことかとばかりに攻撃する、慈悲の勇者に苛立つ。

俺は巨大な《転移門《ゲート》》を展開し、血の斬撃や慈悲の勇者、そして俺もろとも、ディーノス大森林の最深部上空へ飛ばした。

「おっと。飛ばしてきたか。確かにこっちのほうが戦いやすいね。それにこれは、僕としてもありがたいよ。だって君に人間を盾にして戦うっていう、面倒な戦法を使われずに済むんだから」

俺と同様、慈悲の勇者も空中に板状の《結界《けっかい》》を展開して佇むと、無邪気にそんな言葉を口にする。

おいおい、心外だな。そんなことを俺がすると思ってたのか？

いや、こいつに倫理観を問うのは無意味だな。

「さて、全力で戦うか。《終焉の業火《ラスト・インフェルノ》》」

そう言って、俺はいきなり至近距離から太陽の表面温度を優に超える、圧倒的な熱量の魔法を放ち、再生する間もなく焼き尽くそうとする。

しかし――

「そういうのは、効かないなぁ。《慈悲《じひ》》――三式《鮮血武具《ブラッド・ウェポン》》」

燃え盛る炎の中で、慈悲の勇者は嗤いながら、無数の血の槍を放出する。

「ふむ……」

まあ、この程度は迎撃するまでもない。

俺は必要最低限の動きで、軽々と攻撃を躱してく。

んー……薄々察してはいたが、こいつ相当しぶといな。生存に特化した感じで、逆に言えば攻撃力は結構低い。

「こういう時は……《魂魄破壊《ソウル・ブレイク》》」

体をいくら壊しても、慈悲の勇者には無意味。

だが、魂を砕かれたらどうだ？

そんな単純な考えから使った《魂魄破壊《ソウル・ブレイク》》――しかし。

「致命的な弱点たる魂への攻撃に、対策してないわけがないだろぉ？」

残念ながら、この攻撃も効かなかった。

随分と強力な防御だな。

「なら、やることは決まったな。《次元回廊《ディメンション・クロイスター》》」

そう言って、俺は慈悲の勇者を次元の回廊に閉じ込めると、その体を断続的に削り続ける。

「ぐううう……随分と、強力だねぇ……！」

殺すことは不可能だが、こうしておけば無力化はできる。

だが、ここで想定外のことが起きた。

「《慈悲《じひ》》——複合魔法《ふくごうまほう》、六式《ろくしき》《幽体離脱《アストラル・ボディ》》」

「ん!?」

なんと、《次元回廊《ディメンション・クロイスター》》に閉じ込めていた慈悲の勇者が、その魂だけを外に出したのだ。

そして、大気にある微細な物質を集めて新たな体を創造する。

「《慈悲》——一式《無限再生《イモータル》》。まあ、こんな感じかな」

そう言って、空中に佇む慈悲の勇者。

これはなんとも、やりづらい相手だなぁ……

「その《慈悲《じひ》》スキル。随分と便利なスキルだな」

「まーね。といっても、これは僕が改造したお陰だけど。《慈悲》のスキルは元は、ただの強化版回復魔法なんだ」

「なるほど。それで、一式とか二式は改造したスキルの識別番号……みたいな感じか?」

「そうそう。その通り。よくできました」

そう言って、今度は慈悲の勇者が仕掛けてくる。

「《慈悲《じひ》》——四式《浸食細胞《エロージョン》》」

慈悲の勇者は魔法を使ったと同時に、俺へ殴りかかってきた。

だがその程度、当たるわけがない。

俺は容易く回避すると、こいつの体を再びサイコロステーキにする。

ダメージにはならないが、多少の時間稼ぎにはなる。やって、無駄というわけではないのだ。

だが——次の瞬間。

「ん？」

ズブズブズブ——

なんと、俺にかかった僅かな返り血が、俺の体内へと浸食《しんしょく》し始めたのだ。

俺の細胞を急速に、やつ自身の細胞へと変質させる。

「まあ、耐性あるし、対抗手段もあるし」

そう言って、俺は逆に浸食してきたやつの血を取り込み、解析する。

こうやって少しでも相手から情報を絞り出す。

それが、最終的な勝利に繋がると俺は思っている。

「は～。しぶといしぶとい。どうやら互いに決定打に欠けているって状況かな？」

「まあ、そんな感じだな」

慈悲の勇者の言葉に頷くと、俺は時間稼ぎがしたいこともあって、言葉を続ける。

「内戦が遊戯《ゲーム》とか言ってたが、そう思うようになったきっかけはなんだ？　何故そうなるのか、俺には理解できない。ま、どうせろくでもない理由だろうけどな」

そんな俺の言葉に、へらりとしていた慈悲の勇者は、一瞬——ほんの一瞬だけその表情を変えた。

だが、すぐに戻ると口を開く。

「まあ、僕も色々と頑張ってるからね。その、ご褒美さ。長い人生の中で、人同士の戦争を何度も見た。そして――震えたんだ」

慈悲の勇者は恍惚《こうこつ》とした表情で、更に言葉を続ける。

「人々が奏でる慟哭《どうこく》。その場その場で繰り広げられるドラマ。親しい人同士の愛憎劇《あいぞうげき》。それを見て、楽しかったんだよ。数百年ぶりに――心から笑えたんだよ。そのお陰で、行き詰まっていたことも進んだんだよ」

そして、大仰に両手を広げて嗤った。

「まあ、お陰で絶望もしたけどね」

「……そうか」

やはり理解できない。

こいつはこの世界を――ゲームとでも思っているのだろうか。

悲劇、慟哭、惨劇、を見て楽しむ。

ある種の演劇とでも思っているのだろうか。

「まあ、理解する必要はないよ。だって、僕のことを理解できるのは結局、僕だけなんだから」

「……確かにな」

俺はこいつの事情を知らない。

だが、少なくともこいつは――勇者として世界を救ったんだ。

ここまで堕《お》ちたのにも、なんらかの事情――時の経過以外の何かがあるはずだ。

「だが、だったらなおさら戦う以外に道はないな」

「そうだね。あと、ちょっと言いたいんだけど……」

慈悲の勇者はそう前置きすると、言葉を続けた。

「時間稼ぎは、こっちも望むとこだったんだよね。今、終わったよ」

そう言って、慈悲の勇者は詠唱を紡いだ。

「《慈悲》──零式《ぜろしき》──《イノチノコトワリ》」

俺が初めて見る種類の魔法──いや、似たものをどこかで見た。

確か、女神フェリスの創造魔法が──

直後、俺の本能が最大限に警鐘を鳴らす。

「っ⁉ 《無間多次元交錯《インフィニット・オーバーインテレイス》》」

俺は即座に、魔力消費等を一切考慮せず、最大の防護魔法を行使した。

無数の次元を交錯させ、あらゆる干渉を防ぐ魔法。

だが──

「がっ……」

直後、まるで魂が絞られたかのような感覚に陥り、俺は胸を押さえて苦悶の表情を浮かべる。

「レイン⁉ 大丈夫か！」

これにはさしものダークも声を上げた。

「だ、大丈夫だ」

そう告げると、俺は素早く自身に何が起こったのかを解析する。

「何、が……はっ、マジかよ」

すると、驚くべきことが起こった。

なんと――

「レベルが……１００００に下がってる」

１０００１となっていた俺のレベルが、１００００に下がっていたのだ。

表示ミスとか、幻とか、そんなんじゃない。

現に俺は、ほんの僅かだが力が落ちている。

すると、そんな俺の様子を見た慈悲の勇者は、驚いたように目を見開いた。

「驚いた。僕が絶望した、忌《い》むべき魔法なのだが……この攻撃を受けて死なないって、相当だよ？　レベルがほんの少し下がるだけとかあり得ない」

慈悲の勇者はそう言うが、そもそも今のはなんだ？

少なくとも俺にはわからない。

「……そうか。だが――いい」

「ん？　いいって何が？」

なんの脈絡もなく俺が紡いだ言葉に、慈悲の勇者は不思議そうに首を傾げてそう言った。

よし。今ので十秒弱、追加で時間を稼げた。

これなら、やれるかな。

「いや。ただ俺も――今、終わったよ」

そして――俺は反撃の狼煙《のろし》を上げた。

「《対勇者・魂魄牢獄《アンチブレーブス・ソウルプリズン》》」

「んなっ⁉」

直後、慈悲の勇者を包み込む、無数の黒い鎖《くさり》。

あれは、俺が慈悲の勇者の防御を突破するためだけに、たった今ここで創った魔法。

対象の魂を閉じ込める《終わりなき時の牢獄《エンドレス・プリズン》》と効果は全く同じだが、こいつに対してのみ、絶大な効果を発揮するようになっている。

だが、だからといってこれではまだ全然勝ったとは言えない。

もたもたしていたら、俺の術式を解析されかねない。

「ふぅ。ただ、流石にまだ閉じ込めるだけで精一杯だな。向こうに解析される前に、魂を破壊する術式を組まないと」

相当な妨害術式を入れておいたし、常時体を次元ごと削ってはいるが、相手の称号――神級魔法陣解析者と神級魔法創成者が気になる。

油断は一切できない。

「やるか。なんとしても――」

こいつの好きにさせてたら、この世界は終わる。

終末世界となったところで、生きるのは流石に嫌だ。

そう思いながら、俺は魔法を創り始めるのであった。

◇◇◇

「……やれやれ。まさか即興で、こんなことをするとは」

レインが構築した、《対勇者・魂魄牢獄《アンチブレーブス・ソウルプリズン》》の中。

慈悲の勇者は、身を削られながら嘆息する。

「……解析は可能。いずれ出られるね」

そう言って、慈悲の勇者は嗤いながら己を縛る《対勇者・魂魄牢獄《アンチブレーブス・ソウルプリズン》》の解析を始めた。

「……それにしてもあいつ、随分と嫌なことを思い出させてくれたなぁ……」

解析中、慈悲の勇者は寂寥《せきりょう》を露わにしながら、そう言う。

もう千年以上、他人に見せていない表情だ。

「……はぁ。でもさ、僕は生き続けるよ。生き続けるんだ。孤独の世界を、享楽で満たしながら、あの日が戻って来ることを信じて」

そして、慈悲の勇者は天を仰ぐと、言葉を零した。

「また会いたいよ。なぁ、茜《あかね》」

第七章　勇者たちの物語

「皆さん、初めまして。私はティリオスという世界の管理神、フェリスです」

数千年前――

戸惑う七人の男女の前に姿を現したのは、白い法衣のようなものを着た、白髪金眼の美女――女神フェリス。

「お、おい！　もしかして、俺って……」

「はい。貴方《あなた》は、交通事故で亡くなりました」

大学生ほどに見える男の問いかけに、フェリスは平然とそう答えた。

すると、その男はドッと地面に手と膝をついて倒れたかと思えば、「パソコンの、データ……」とぶつぶつ呟き出す。

その後、その男の問いを皮切りに、この場にいる全員が、自分の身に何が起こったのかをフェリスに問いかけ始めた。

そしてその中には、十二歳の少年――天海《あまみ》嶺《りょう》の姿もあった。

「あの！　ぼ、僕はどうしてここに……？」

「はい。貴方は崖から落ちてしまいました」

「僕のお父さんとお母さんは悲しんでた……？」

「非常に言いにくいのですが……」

恐る恐る紡がれた天海嶺の問いに、フェリスは少し寂しげな声音でそう答えた。

「あ、もう大丈夫……です」

（ああ、そうだったんだ……）

天海嶺は薄々、気づいていた。

自分は両親から疎まれていたのだと。不要な存在だとされていたことを。

納得したものの、ぽっかりと心に空く穴。

すると、フェリスが説明を始めた。

「ひとまず、必要な情報はたった今、送りました。それを踏まえて質問をどうぞ」

直後、この場にいる全員の頭の中に流れ込んでくる情報の数々。

ティリオスが今、神格《しんかく》を失った邪神龍《じゃしんりゅう》――邪龍によって、危機に陥っていること。

それをなんとかするために、力を与えられ、勇者として、ティリオスにある宗教国家、神聖バーレン教国の教会に召喚されること。

「……なるほどな。で、見返りはなんだ？　普通に死ぬ可能性があるんだが……」

「それは、ありません。強いて言うなら、心残りを持ちながら死んだ皆さんを生き返らせることが、見返りです」

一人が言ったもっともな問いに、女神フェリスは正直に答えた。

「……そうか。ま、そうだな。また生きさせてくれるだけ、ありがてぇ」

その言葉に、皆一斉に同意して頷いた。

そう――ここにいる者は皆、生に心残りを持つ者だった。

人生これからという時に、早死にした者。

健康に生きたかった者。

大切な人を残してきた者。

そして――人間らしく生きたかった者。

(……もう、お父さんとお母さんに会うことはない。やっと、人らしく生きられる)

天海嶺はそう思った。

こうして神界に魂を呼び出された七人の人間は、ティリオスへと召喚されたのであった。

召喚された彼らは、邪龍とその眷属《けんぞく》たる邪龍の加護を得た魔物の軍勢と戦い続けた。

だが、残念なことに犠牲もあった。

「くっ――行け！　ここは私が食い止める！　お前は、早く邪龍のもとへ！」

邪龍との最終決戦の局面。

半分以上減らしたが、それでもいまだ魔物の軍勢が八万はいる。

四十代半ばの男性――節制《せっせい》の勇者、竹中信二《たけなかしんじ》は、慈悲の勇者、天海嶺へそう言った。

「っ――あとで、助けに行きます！」

天海嶺はそう言って、天へと跳ぶと、《結界《けっかい》》を足場にしながら走り去る。

そのあと、天海嶺が完全に去ったことを確認した竹中信二は、迫り来る魔物を眺めながら口を開いた。

「私も……ここまでか。だが、孤独だった——誰からも必要とされない無意味な人生に、意味が生まれた。だから、悔いはない」

そう言って、彼は二度と帰ってくることができない戦いへと、踏み込むのであった。

「ははっ、カッコつけるんじゃ、なかったなぁ」

数多の魔物の屍《しかばね》の上で、満身創痍《まんしんそうい》で佇む二十代前半の男性——勤勉《きんべん》の勇者、小杉和也《こすぎかずや》。

彼は、たった一人で十万の魔物を殲滅した——だが、もう限界。

「ちっ、《聖剣召喚《せいけんしょうかん》》——はあっ！」

倒れ伏す魔物たち。

そして、それと同時によろめく和也。

「……ここが、俺の死に場所か。ま、俺を好いてくれる女の子とイチャコラできたし、悔いはない……なんてな」

そう笑って、彼も二度と帰ってくることができない戦いへと、踏み込むのであった。

……こうして、二人の勇者が命を落としながらも、ついに彼らは邪龍と相対し——そして戦った。

だが、ここでも——

「……使わないと、か」

皆が満身創痍の中、そう言ったのは三十代半ばの女性——献上《けんじょう》の勇者、水無月心寧《みなづきここね》。

最前線で戦い続けた彼女は、傷を負いながらも悠然と邪悪を振りまく邪龍を見据えた。

「……皆。これで無理だったら、あとはお願い」

そう言って、彼女は邪龍に向かって一人駆け出した。

そして、彼女のスキルを知る他の四人は、心寧が何をするのか察し——一斉に顔が青ざめる。

「ダメだ——!」

嶺が思わず、声を上げる。だが、心寧は笑みを浮かべ、言葉を紡ぐ。

「《献上《けんじょう》》——差し出すのは、私の全て」

直後、莫大な魔力が彼女を包み込んだ。

「《聖剣召喚《せいけんしょうかん》》——はあああああああっ!」

心寧は邪龍に向かって走り出した。

ザン——!

「ガアアアアア!」

胴を深く斬られ、耳障りな絶叫を上げる邪龍。

「っ……」

バタリ。

そして、倒れる心寧。

「っ——はあああああ！」

それに弾かれるようにして、四人の勇者たちは駆け出した。

彼らは一斉に《聖剣召喚《せいけんしょうかん》》を発動させると、そこに全ての魔力を込めて、邪龍を斬った。

「ガ——ア、ア、ア、ア……ア」

その存在を保てなくなったことで、ボロボロと塵となって消えてゆく邪龍。

そうして邪龍は、消滅したのだ——

世界の人間を半分以下にまで減らした、邪の権化とも呼べる龍が今——滅んだのだ。

「よしっ……はっ、心寧！」

邪龍が消えたのを確認した彼らは、すぐさま心寧のところへ駆け寄る。

「ははっ……倒せた、ようだね……」

仰向けで倒れる心寧。

だが、《献上《けんじょう》》の代償か、その体は徐々に塵となって、消えていく。

「お願い……《慈悲《じひ》》！」

「なんとか……《救恤《きゅうじゅつ》》！」

最強の回復魔法が心寧にかけられる。だが……それは、無意味だった。

もう心寧が助からないことを悟り、絶望する四人。

そんな中、心寧は唇を震わせ、最期の言葉を口にした。

「私ね。この世界に来れて……よかった」

その時、心寧の中に思い浮かんだのは、なんの目標もなく、孤独に惰性だけで仕事を続けていた日々。

そして、かけがいのない仲間と共に、夢を持って生き続けた日々。

（ああ、よかった。本当に、楽しかったよ。皆……）

「……ありがとう」

バサッ――

一縷の後悔もなく、水無月心寧は消滅した。

「ああ、ぁ……」

「くっ……心寧」

「そんなっ……」

「……俺も、だ」

衣服だけを残して消えた心寧の前で、四人の勇者は、泣き崩れるのであった。

そのあと、残った四人の勇者は死んだ三人の勇者の葬儀――そして、邪龍討伐を祝う凱旋《がいせん》を執り行った。

だが、心に深い傷を負った勇者がいた。天海嶺だ。

「……信二さん。和也さん。心寧さん……」

豪華な自室の隅で、一人蹲《うずくま》る嶺。

十二歳で勇者となった彼は、皆によく気を遣ってもらっていた。

十二歳でありながらも、生きるために戦いへ出ざるを得なかった彼のことを、皆心の中では不憫に思っていたのだ。

そして、いざという時には自分の身を犠牲にしてでも、守ってあげようと。

ガチャリ。

「嶺。大丈夫?」

すると、部屋の扉が開かれ、嶺より少し年上の少女が入ってきた。

忍耐《にんたい》の勇者——峯岸茜《みねぎしあかね》だ。

彼女はさらりとした、肩まで伸びた黒髪をなびかせながら、蹲る嶺の隣に歩み寄ると、そこに座った。

そして、嶺を自分の方に抱き寄せる。

「茜……さん?」

突然のことに、困惑した声を上げる嶺。

だが、茜は言葉なく、ただただ嶺を優しく抱き続けるのであった。

それから——二人の心の距離は、縮み始める。

「僕が教皇って、なんかあれだなぁ……」

「慈悲の勇者……だからね。それにしても、似合ってるよ。その服」

慣れない神官服に身を包んだ嶺と、優しく笑う茜。

「んー、いい雰囲気だねぇ」

「本当だな」

その後ろでは、純潔《じゅんけつ》の勇者、山岡健《やまおかけん》と救恤の勇者、葉山弘喜《はやまひろき》のアラサーコンビが、ほっこりしたような顔で眺めていた。

「そういえば、前々から不思議に思ってたんだけど、嶺だけ歳を取っていないよね？」

「ああ。それどころか、若返ったような感じさえある。多分、《慈悲《じひ》》を乱発してるせいかな。命に干渉するようなスキルだから」

嶺と茜はそんなことを語らう。

「若々しい姿でいられるの憧れる」

「やっぱり、そういう感じなんだ？」

「それは、そうでしょ！」

「……若い若くない関係なく、茜さんは綺麗だよ」

「はうっ……」

嶺からの思わぬ不意打ちに、茜の心は撃ち抜かれた。

「なあ、茜」

「どうしたの？　嶺」

教会の裏手にある小さな庭で、十八歳になった嶺は、二十一歳となった茜に声を掛けると、すっと右手を差し出した。

「ぼ……僕と、付き合ってください」

そして、唇を震わせてそう言った。

初々しい告白に、茜は思わず頬を綻ばせる。

「……もう。告白するの、遅すぎです」

そして、照れ隠しとばかりにそう言うと、差し出された嶺の右手を取った。


結婚式前日。

「凄い、緊張するなぁ……結婚式前って、皆こうなのかな？」

「まあ、私たちの場合は勇者である以上――そして教皇の結婚としても、大々的にやらないといけないし……それに、こういうのは皆の希望にもなり得るの」

緊張し始める嶺に、茜は苦笑いしながらそう言った。

そして、落ち着かせるように優しく嶺を抱きしめる。

「いつも思うんだけど、それは男の僕がやるもんじゃないのかなぁ……？」

「なら、やればいいじゃない」

「それは……ちょっと、恥ずかしい」

「ふふっ、可愛い」

「複雑だ」

「研究や鍛錬を続けてわかったんだけど、多分僕には寿命がない」

「そう……なの？」

六十歳を超えた頃。

嶺はぶかぶかの神官服を着ながらそんな報告を茜にした。

「鍛えすぎて――いや、《慈悲《じひ》》のスキルそのものを改良したことが原因だと思う。直そうと思えば直せるけど……死ぬ勇気は、僕にはないかな」

「そうなんだ……私としては、嶺が死ぬのを見る心配がなくなるからいいけど……辛くない？」

茜の言葉に、嶺は首を振った。

「ううん。僕が茜の寿命も延ばしてみせるよ。まだまだ、やりたいこと、たくさんあるだろう？」

「……そうね」

そう言って、笑いかける嶺に、茜はニコリと笑った。

「……山岡健に続いて、葉山弘喜も死ぬだなんて……」

「……うん」

二人の前には、神聖な棺に寝かされる葉山弘喜の姿があった。

「……頑張ったね。世界を救って、百歳まで生きて。本当に……ね」

「そうだね。できれば、あれを間に合わせたかったけど……」

嶺が言う『あれ』とは、延命の魔法だ。

残念ながら山岡と葉山には——間に合わなかった。

そのことを後悔する嶺の頭を、茜はポンポンと撫でると、口を開いた。

「二人はそれを、望まなかったと思う。だって二人に——悔いはないから」

「……うん」

そして、嶺は棺に顔を伏せると、悲しみをあらわにして泣き始めた。

親しい者の死を立て続けに見てしまった嶺は、より一層延命の魔法に心血を注ぐことになる。

そのかいあってか、嶺と茜は互いに百歳を超えても元気に活動できた。

だが——ついに、その時は訪れてしまった。


「茜……頼む。まだ、死なないでくれ……やりたいこと、まだまだたくさんあるというのに……」

ベッドで横たわる百四十歳を超えた茜に、嶺は顔をベッドに埋めながら、涙ながらにそう訴える。

この部屋に、医師はいない。

いるのは、二人だけだ。

そうするよう二人が皆に頼んだ。

そして何より、嶺自身が世界最高峰の医師でもあるのだから。

「ああ、あ……」

極め続けたからこそ——わかってしまう。

茜の命がもう間もなく、尽きてしまうことを。

嶺が必死に、無意味に、術式を組み続ける中、茜はゆっくりと上半身を起こすと、嶺の頭を優しく撫でた。

「……私は、嶺と出会えて、本当によかった。幸せでした。ですから、泣かないでください。顔を、上げて」

「……う……ん」

茜の願いに応えて、嶺は顔を上げた。そして、顔中の涙を手で拭う。

「……ほら、こっちへ」

すると、茜はそう言って、嶺を自分の胸元に引き寄せた。

そして、愛おしそうに——抱き締める。

「あか、ねっ……」

嗚咽《おえつ》しながらも、嶺は茜を抱き返した。

その様子は、はたから見れば祖母と孫。

いや、それでも二人は夫婦だ。

「僕、諦めないからっ……絶対に。魂はある。転生しても、記憶は残り続けるんだ。だから絶対、僕は茜の魂を見つけてみせる。そしたら、またっ……!」

「うん。待ってるよ。いつまでも……」
二人は――幸せそうだった。幸せに、幸せに、幸せに。
そして――終わった。

「……茜。必ず、やるよ」

教会裏の墓地で嶺はそう言うと、立ち去って行った。

それから、嶺は自身も表向きには死んだことにして、茜と再会するために、《慈悲《じひ》》のスキルを極め続けた。

ずっと、ずっと、ずっと、ずっと。


それから――五百年が経過した。

「……ああ」

嶺は研究室で、放心していた。精神が――もう、限界だった。

当然だ。普通、壊れる。

「……はぁ。今の外は、どうなんだ？」

そう言って、嶺は気紛《きまぐ》れに、百年ぶりに外の様子を《観察者《オブザーバー》》で視《み》た。

「……ああ」

そこでは丁度、戦争が行われていた。

慟哭、悲劇、喜劇。

様々なドラマ――

久々の外ということもあってか、思わず見入ってしまう嶺。

やがて――嶺はぼそりと呟いた。

「……いい、戦いだった」

それが、始まりだった。

それからというもの、嶺は行き詰まったり精神に限界を感じたら、戦争や内戦をまるでドラマのように見るようになった。

お陰で精神は安定し、研究は効率化していった。

そして――あれができた――否、できてしまった。


「……始めよう」

九百年もの歳月を経て完成した魔法を、嶺は行使した。

長い長い間、魔力を練り、やがて、魔力は臨界に達した。

そこまで来て、嶺はついに詠唱した。

「《慈悲《じひ》》――零式《イノチノコトワリ》」

ついに発動する、生命《せいめい》の理に触れる魔法。

神の領域に至った彼は、その魔法を用いて輪廻《りんね》の輪へ干渉する。

そして――知った。

茜の魂が、存在しないことに――

「そんな……」

それは、他五人の勇者も同様だった。

その瞬間――嶺は声を上げた。

「何故だ。何故だ。何故だあああ！」

響く慟哭。この世のあらゆる絶望を凝縮したような顔で、嶺は声を上げ続ける。

「……干、渉ううう！」

そして思うがままに、嶺は輪廻の輪へと干渉し、無理やりにでも魂を探そうとした。

だが、それは――

「が、はっ……！」

数多の神から妨害を受け、失敗に終わった。その代償に、彼は真名を失う。

（何故だ。何故なのだ。どうして――このような。どうして。もう、本当に――）

嶺の精神が崩壊していく。

（フザケルナ。

フザケルナ。フザケルナ。フザケルナ。フザケルナ。フザケルナ。フザケルナ。フザケルナ）

「ああああ！！！！」

この瞬間。

慈悲の勇者の、何かが完全に壊れた。

そして——今日まで。

慈悲の勇者は孤独の世界を享楽で満たしながら、永遠に生き続けている。

いつの日か、奇跡が起こることを信じて——

◇◇◇

「……うん。解析完了」

《対勇者・魂魄牢獄《アンチブレーブス・ソウルプリズン》》の解析をたった今終えた慈悲の勇者は、そう呟いた。

そして唱える。

「《聖剣召喚《せいけんしょうかん》》——はああああっ！」

慈悲の勇者は、あらゆるものを切断できる聖剣を、自らを縛る《対勇者・魂魄牢獄《アンチブレーブス・ソウルプリズン》》へ振り下ろした。

パリン——

直後、《対勇者・魂魄牢獄《アンチブレーブス・ソウルプリズン》》はガラスのように粉々に砕け、消滅した。

それを確認した慈悲の勇者は、眼前に佇むレインを見据え、言い放つ。

「僕は――生き続けるんだ！」

その言葉に、レインはただ「そうか」と答えるだけだった。

◇◇◇

「僕は――生き続けるんだ！」

「そうか」

《対勇者・魂魄牢獄《アンチブレーブス・ソウルプリズン》》を僅か十五分足らずで破壊し、外へ出てきた慈悲の勇者の叫びに、俺はただ一言そう応える。

やれやれ。

まさか、ここまで早く出られるとは想定外だ。

正直、やつでも最低三十分は掛かると思っていたからな。

お陰でまだ、準備が終わってない。

もう少しだけ、時間を稼がないと。

「てことで――《慈悲《じひ》》――五式《生命領域《ライフ・フィールド》》」

刹那、慈悲の勇者を中心に展開される球状の領域。

「……なんだ？」

だが、特になんともない。

なんともないほうが、逆に不気味に感じて嫌だな。

すると、慈悲の勇者がそんな俺の疑問に応える。

「だってこれは、攻撃魔法ではないからね。まあ、いずれわかるよ。《慈悲《じひ》》——三式《鮮血武具《ブラッド・ウェポン》》」

慈悲の勇者は再び血の斬撃を張り巡らせながら、俺を斬り刻まんと襲い掛かって来る。

それに対し、俺は当然回避行動を——だが。

「……む？」

なんか、やけに避けづらい。

急に、相手の攻撃の精度が格段によくなった。

「……なるほど。この領域の効果か」

「その通り！　お前の生体反応を知覚することができる——まあ、簡単に言えば行動を参考にした未来予知みたいなものだよ！」

そう言って、慈悲の勇者は《慈悲《じひ》》で次々と生成されていく血で攻撃をする。

なるほど。そういう類いのものか。

こういう俺の動きから、そのあとの動きを見抜いてくる系は地味に面倒くさい。

しかしこれ、別に俺へ干渉しているわけではなく、本当にただ俺の動きを見ているだけなのだ。

破壊術式を今創るのは不可能だし、これへの対応はしなくていいか。

「どのみち、避けれるし」

伊達に数千年、剣術を極めてきたわけじゃない。

経験が違いすぎるんだよ。

実戦型の俺と、開発型のお前ではね。

「《慈悲《じひ》》——二式《細胞崩壊《ディストラクション》》、《慈悲《じひ》》——四式《浸食細胞《エロージョン》》」

続けてきたのは、細胞破壊と細胞変質のダブル攻撃。

特に《浸食細胞《エロージョン》》は、《鮮血武具《ブラッド・ウェポン》》のほうにも発動しているようで、数多の血刃から飛び散るほんの僅かな血から、一気に浸食してくる。

「《魔力循環《マジック・サキュレーション》》」

それに対し、俺は自身が保有する膨大な魔力を体中に巡らせることによって、身体への内部干渉を防ぐ。

流石に二度目となれば、対処も余裕だ。

「対処してきたねぇ。《慈悲》——零式——」

「やらせん！　《対勇者・魂魄牢獄《アンチブレーブス・ソウルプリズン》》」

流石にアレだけは防ぎようがない。

一度受け、それを身に染みてわかっている俺は即座に《対勇者・魂魄牢獄《アンチブレーブス・ソウルプリズン》》を発動して、魂を拘束する。

だが、もう既に解析されている以上、これでは数秒の時間稼ぎ程度にしかならない。

「が、それで十分だ」

そして――俺はようやく完成した魔法を発動させる。

「《対勇者・魂魄破壊《アンチブレーブス・ソウルブレイク》》」

直後――

「あ、がっ……」

魂が砕け散る音が、聞こえた。

対象の魂がなくなったことで、自動的に消滅する《対勇者・魂魄牢獄《アンチブレーブス・ソウルプリズン》》。

「……これで、終わったか？」

跡形もなく消滅した慈悲の勇者を前に、俺はそんな問いを投げかけるのであった。

◇　◇　◇

神聖バーレン教国、神殿最深部。
レインと慈悲の勇者の戦闘直後、慈悲の勇者の魔導工房《アトリエ》にて。
ゴボゴボゴボ――
円筒状のガラス柱――その中には緑色の奇妙な液体と、人間の腕があった。
それが――突然膨張し、人の形となる。
パリン――

直後、その人——慈悲の勇者によって内側から破壊されるガラス柱。

びしゃあと液体が飛び散る中、慈悲の勇者は一歩前へと出ると——その場に倒れ伏した。

「……七式《禁忌・復魂》《ソウル・リバイバル》……間に合ったか」

そして、力なくそんな言葉を紡ぐ。

これが、慈悲の勇者最後の切り札。

砕け散った魂の断片を復活させる、《イノチノコトワリ》と同様、神の領域に片足どころか両足を突っ込んでいるから可能な奇跡の魔法だ。

《対勇者・魂魄破壊》《アンチブレーブス・ソウルブレイク》を受けた瞬間、慈悲の勇者は砕けた魂のみを転移魔法で送り、復活用として元々そこにあった自身の腕を依り代に、魂を魔法で復元して復活した。

間一髪で、魂が消滅することは防げたものの、禁忌の魔法を行使した反動は大きかった。

「……神からの干渉を受けない範囲で行使したから、《イノチノコトワリ》の反動はゼロ……だが、流石に《禁忌・復魂》《ソウル・リバイバル》の反動からは、逃れられなかったか……」

そして、慈悲の勇者はよろよろと立ち上がりながら、言葉を続ける。

「レベル３３８２……まあ、こんなもんか」

彼は重くなった体を引きずるようにして歩き、ベッドに横たわる。

「……ははっ。僕を上回るステータス。間違いなく、女神フェリスが僕を殺すために送り込んだね……フザけるなよマジで……殺れるとは、思ったんだけどなぁ……レベルに技量が追い付かないのが普通なのに、あいつは何故か技量にレベルが追い付いていない。全く、どれだけ鍛錬したんだよ」

だが、そんなやつが自分の命を狙ってこようが——それでも、生きることを諦めるつもりは、毛頭ないのだ。

引き続き研究を進めながら、奇跡が起こることを信じる。

それだけが、慈悲の勇者のすべきことなのだ。

「……ただ、あれと戦うのは嫌だね。彼が寿命で死ぬまでは、おとなしくしていよう。教皇に関しては、事情を説明して枢機卿の誰かにやってもらえれば……」

こうして慈悲の勇者は、隠遁生活を送る羽目になるのであった。

尚、レインの寿命がないことに気づくまで、あと千年——

◇◇◇

慈悲の勇者の魂が砕け散る瞬間を、この目でしっかりと確認した俺は、気配を消してから王城へと戻った。

そして、そっとエルメスたちに接触し、話す場を設けさせてもらう。

「……とまあ、このような感じで無事慈悲の勇者は死んだと思う」

「そうか。かつて世界を救った勇者が……な」

一部始終を説明し終えたところで、エルメスは深く息を吐いてそう言った。

「慈悲の勇者……ですか。彼は、妻である忍耐の勇者のあとを追うように亡くなったと言われていましたが……それは嘘で、本当は隠れて生きていた……といった感じなのでしょう」

横に控えるトールは、そう言って顎を撫でる。

すると、エルメスの横に座るアレンが、そっと口を開いた。

「なんだかあの人は……見てて凄く、可哀《かわい》そうだなって思いました」

「可哀そう？」

アレンの言葉に、俺は思わず首を傾げた。

俺から見れば、あいつは長すぎる人生に狂い、享楽を求めるようになった外道にしか見えなかった。

確かに何かがあるのは、何となく察したが、そんな可哀そうだと思うようなことではないと思うんだけどなぁ……

すると、そんなアレンの言葉にエルメスも同意する。

「ああ。私も、何故かそう思ってしまった。感じたんだよ。彼の、朽ち果てた絶望を」

「絶望……」

ああ、そういえば《イノチノコトワリ》とかいうスキルか魔法かよくわからんやつを発動させた後に、「絶望した」って言ってたな。

あの時は切迫した状況だったから流していたが、今思えば所々、人間らしい反応もしていた気がする。

……それでも結局、なんなのかはわからないが。

「まあ、もう終わってしまった。終わった以上、全ては想像に過ぎない。ただ、こうなると神聖バーレン教国は荒れそうだ……トール。忙しいところ悪いが、その辺りの情報も集めるよう、騎士団に伝えてほしい」

「承知いたしました。国王陛下」

「ああ……やはり、国王と呼ばれるのは慣れないね」

「そこは、慣れていただくしかありません」

そうして、報告を終えた俺は、完全に放置してしまったニナの家へ、若干の気まずさを感じながら向かった。

すっかり夜になってしまったから、流石にもうニナは家に帰っているだろう。

到着すると、案の定――

「もう、なんの説明もなしに急にいなくなったと思ったら、王城のほうから破壊音が聞こえてくるし……本当に心配したんだよ」

そうニナに言われてしまった。

「いや、すまん。流石にあれはマズいと思ってな。説明するよりも先に体が動いちゃってた」

「そう……まあ、無事ならいいわ。何があったのかも、聞かないであげる」

「ああ、ありがとう」

ニナの気遣いに、俺は感謝するのであった。

『マスター！』

『ご主人様！』

その後、続けてシュガーとソルトが飛び掛かってくる。

俺はそれを上手いこと胸元で受け止めると、声を掛けた。

「すまん。何も言わずにいなくなって」

そう言って、俺はシュガーとソルトを優しく撫でる。

「……ねーちゃんを心配させやがって。あとでブチコロス」

リックの声がリビングから聞こえる。

なんか物騒な言葉が聞こえてきたが……多分、きっと、恐らく、気のせいだろう。

その後、俺は自分の部屋に移動し、普通に寝た。

◇　◇　◇

そして次の日。

今日こそダンジョン探索をするべく、俺、ニナ、シュガー、ソルトは王都の外にあるダンジョンを目指して歩いていた。

「今日から、王都のダンジョン探索か」

「そうね。どんな魔道具が手に入るのか、楽しみだわ」

そんなことを話しながら、俺たちは歩く。

それにしても、王都に来てまだ一か月も経っていないというのに、色々な事件に遭遇しすぎではないだろうか。

国王と謁見するし。

第二王子の反逆事件に巻き込まれるし。

挙句の果てには、神聖バーレン教国の教皇こと慈悲の勇者となかなかの死闘を繰り広げた。

まあ、総括すれば金をがっぽりともらえたから、よかったかな。

「……でもあいつ、本当に死んだんかな……？」

少し気がかりなのは、慈悲の勇者が生存しているのかどうかだ。

いや、殺した。魂を砕いたのは確定だ。

だが、何か引っかかる。殺したという本能的な感覚を、何故か感じなかったのだ。

……いや、今考えるのはよそう。

「……いつまでも、続くといいな」

俺の長い長い生に比べれば、ほんの僅かな時間だけど。

ニナとの冒険は楽しい。

これもいつの日かは終わってしまうだろうが、その時はまた新たな出会いをして、歩き続けよう。

歩くのをやめたら、慈悲の勇者みたく腐《くさ》るだろうからな。

ああ、そうだ。

ダンジョン探索をしたら、違う国にも行ってみよう。

エルフの里なんか、面白そうだ。

獣人の国も、見てみたい。

まだレベルが上がることもわかったし、俺の作業と旅はまだ数千年、いや永遠に終わることはなさそうだ。

そんな思いを胸に、俺はまた冒険を続けるのであった。

子育てしながら冒険者します
異世界ゆるり紀行
1~16
水無月静琉
Minazuki Shizuru
シリーズ累計
123万部(電子含む)突破!!
2024年7月7日~
TVアニメ
放送開始!!
(テレ東・BSテレ東ほか)

異世界ゆるり紀行
子育てしながら冒険者します
水無月静琉
転生したら双子を保護しました。
子連れ冒険者の異世界のんびりファンタジー!

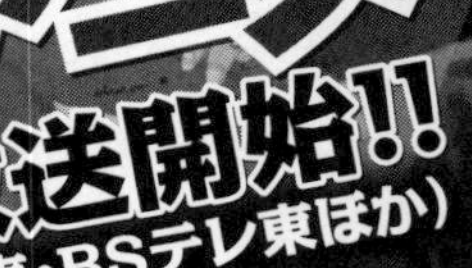

異世界ゆるり紀行
子育てしながら冒険者します
水無月静琉
みずなともみ
1
転生したら、幼い双子を保護しました。
シリーズ累計15万部!!

月が導く異世界道中
Tsukiga Michibiku Isekai Dochu
あずみ圭
Azumi Kei
1~20
8.5
シリーズ累計420万部の超人気作!
(電子含む)
TVアニメ第3期制作決定!!
1~20巻好評発売中!!
コミックス1~14巻好評発売中
illustration:マツモトミツアキ
異世界へと召喚された平凡な高校生、深澄真。彼は女神に「顔が不細工」と罵られ、問答無用で最果ての荒野に飛ばされてしまう。人の温もりを求めて彷徨う真だが、仲間になった美女達は、元竜と元蜘蛛!?とことん不運、されどチートな真の異世界珍道中が始まった!
▶3期までに◀
原作シリーズもチェック!
月が導く異世界道中
あずみ圭
薄幸系男子の成り上がりファンタジー、開幕!
なんでだろう親の都合で異世界へ
待望の書籍化!
読者賞受賞作!
月が導く異世界道中
1
あずみ圭
木野コトラ
とことん不運、されどチート!!
シリーズ累計29万部
20巻 定価:1430円(10%税込)
1~19巻 各定価:1320円(10%税込)
14巻 定価:770円(10%税込)
1~13巻 各定価:748円(10%税込)

サービス残業から始まる現代ダンジョン英雄譚!

サービス残業続きの青年、渡陽向。「体を動かせば良い企画が思いつくはずだ」という考えから、彼は帰宅途中で目にしたダンジョンに足を踏み入れた。ついでにストレスを解消するため、モンスターをサンドバッグにしながらダンジョンを探索！　そんな陽向の前に、強大なモンスターと襲われている美少女が現れた!?　目立ちたくない彼はサクッと敵を倒して帰宅したのだが、少女が撮影した動画が拡散され、世界中でバズってしまう。ダンジョンでサービス残業をしていただけなのに……青年の冴えない人生は一変する!!

◉定価：1430円(10%税込)　◉ISBN 978-4-434-34064-2　◉illustration：riritto

辺境テイマー師弟のワケありもふもふファンタジー！

従魔を一匹もテイムできず、とうとう冒険者パーティを追放された落ちこぼれ従魔術師のラーハルト。それでも従魔術師の道を諦めきれない彼は、辺境で従魔の引き取り屋をしているという女従魔術師、ツバキの噂を聞きつける。必死に弟子入りを志願したラーハルトは、彼女の家で従魔たちと暮らすことになるが……畑を荒らす巨大猪退治に爆弾鼠の爆発事件、果ては連続従魔窃盗事件まで、従魔絡みのトラブルに二人そろって巻き込まれまくり!?

◉定価：1430円（10%税込）◉ISBN 978-4-434-34061-1　◉Illustration：満水

神様の手違いで命を落とした、会社員の佐鳥《さとり》冬夜《とうや》。十歳の少年・トーヤとして異世界に転生させてもらったものの、ファンタジーに関する知識は、ほぼゼロ。転生早々、先行き不安なトーヤだったが、幸運にも腕利き冒険者パーティに拾われ、活気あふれる街・ラクセーナに辿り着いた。その街で過ごすうちに、神様から授かったお詫びギフトが無限に進化する規格外スキルだと判明する。悪徳詐欺師のたくらみを暴いたり、秘密の洞窟を見つけたり、気づけばトーヤは無自覚チートで大活躍!? ファンタジーを知らない少年の新感覚・異世界ライフ!

●2巻 定価:1430円(10%税込)／1巻 定価:1320円(10%税込) ●Illustration:たく

前世で家族に恵まれなかった俺、
今世では
優しい家族に囲まれる
1・2
俺だけが使える
氷魔法で
異世界無双
著
おとら
第3回
次世代ファンタジーカップ
特別賞
転生して生まれ落ちたのは、
ほっこり家族！
家族愛に包まれて、チートに育ちます！
家族みんなが俺に甘い！
孤児として育ち、もちろん恋人もいない。家族の愛というものを知ることなく死んでしまった孤独な男が転生したのは、愛されまくりの貴族家次男だった!?　両親はメロメロ、姉と兄はいつもべったり、メイドだって常に付きっきり。そうした過剰な溺愛環境の中で、0歳転生者、アレスはすくすく育っていく。そんな、あまりに平和すぎるある日。この世界では誰も使えないはずの氷魔法を、アレスが使えることがバレてしまう。そうして、彼の運命は思わぬ方向に動きだし……!?
◉2巻 定価：1430円（10%税込）／1巻 定価：1320円（10%税込）　◉illustration：たらんぱマン
前世で家族に恵まれなかった俺、今世では優しい家族に囲まれる
おとら
2
恋のお相手は、まさかの皇女様!?
いきなり婚約しました!
コミカライズ決定！
2024年秋
連載開始予定

無名の三流テイマーは王都のはずれでのんびり暮らす

~でも、国家の要職に就く弟子たちがなぜか頼ってきます~

1・2

鈴木竜一

Ryuuichi Suzuki

弟子と従魔に囲まれて

自由気ままなテイマー生活!

大きな功績も挙げないまま、三流冒険者として日々を過ごすテイマー、バーツ。そんなある日、かつて弟子にしていた子どもの内の一人、ノエリーが、王国の聖騎士として訪ねてくる。しかも驚くことに彼女は、バーツを新しい国防組織の幹部候補に推薦したいと言ってきたのだ。最初は渋っていたバーツだったが、勢いに負けて承諾し、パートナーの魔獣たちとともに王都に向かうことに。そんな彼を待っていたのは――ノエリー同様テイマーになって出世しまくった他の弟子たちと、彼女たちが持ち込む国家がらみのトラブルの数々だった!?　王都のはずれにもらった小屋で、バーツの新しい人生が始まる!

●2巻定価:1430円(10%税込)/1巻定価:1320円(10%税込)　●Illustration:Aito

この作品に対する皆様のご意見・ご感想をお待ちしております。

おハガキ・お手紙は以下の宛先にお送りください。

【宛先】

〒150-6019 東京都渋谷区恵比寿4-20-3 恵比寿ｶﾞｰﾃﾞﾝﾌﾟﾚｲｽﾀﾜｰ 19F
（株）アルファポリス　書籍感想係

メールフォームでのご意見・ご感想は右のＱＲコードから、
あるいは以下のワードで検索をかけてください。

アルファポリス　書籍の感想　検索

ご感想はこちらから

本書は Web サイト「アルファポリス」（https://www.alphapolis.co.jp/）に投稿されたものを、
改題・改稿、加筆のうえ、書籍化したものです。

作業厨《さぎょうちゅう》から始《はじ》まる異世界転生《いせかいてんせい》3
レベル上《あ》げ？　それなら三百年程《さんびゃくねんほど》やりました

ゆーき　著

2024年 7月30日初版発行

編集－坂木悠人・和多萌子・宮坂剛
編集長－太田鉄平
発行者－梶本雄介
発行所－株式会社アルファポリス
〒150-6019 東京都渋谷区恵比寿4-20-3 恵比寿ｶﾞｰﾃﾞﾝﾌﾟﾚｲｽﾀﾜｰ19F
TEL 03-6277-1601（営業）　03-6277-1602（編集）
URL https://www.alphapolis.co.jp/
発売元－株式会社星雲社（共同出版社・流通責任出版社）
〒112-0005 東京都文京区水道1-3-30
TEL 03-3868-3275
装丁・本文イラスト－ox
装丁デザイン－AFTERGLOW
印刷－中央精版印刷株式会社

ISBN978-4-434-33920-2　C0093